광란의 일요일

광란의 일요일

피츠제럴드 단편선 ❷

프랜시스 스콧 피츠제럴드 지음 | 허윤정 옮김

더클래식

광란의 일요일

1

일요일이었다. 하루라기보다는 차라리 다른 두 날 사이의 틈 같은 날이었다. 세트니 시퀀스니 하는 것들과, 마이크가 달린 크레인 아래에서의 긴 기다림, 군(郡)을 가로지르며 하루에도 차로 수백 킬로미터를 왔다 갔다 하는 일, 회의실에서 경쟁자와 누가 더 잘했는지 겨루는 것, 끊임없는 타협, 생존을 위해 고군분투하는 숱한 인사들의 충돌과 긴장은 모든 사람에게서 뒤로 물러나 있다. 그러나 오늘은 어제 오후의 단조로움으로 인해 생기가 없어진 눈에 환한 빛이 밝혀지며 개인의 삶이 다시 시작하는 일요일이었다. 시간이 천천히 흘러감에 따라 그들은 장난감 가게의 '퍼펜핀'처럼 깨어났다. 길모퉁이에서 벌어진 열성적인 대화와, 홀에서 서로 껴안고 사라지는 연인들 말이다. 그러면서 "서둘러, 아직 많이 늦진 않았지만 행복한 40시간의 여유가 끝나기 전에 제발 서둘러." 하는 분위기 말이다.

조얼 콜스는 영화 촬영용 대본을 쓰는 사람이었다. 그는 스물여덟 살이었고 아직은 할리우드에서 실패를 맛보지 않았다. 그는 6개월 전 이곳에 도착한 이래로 괜찮다 싶은 작업들을 맡아 왔고, 열정을 가지고 장면과 시퀀스를 구성해서 제출했다. 그는 스스로를 글 품팔이라고 불렀지만 정말로 자신의 일을 그렇게 생각하지는 않았다. 그의 어머니는 성공한 여배우였다. 조얼은 비현실로부터 현실을 떼어 놓거나 혹은 적어도 그중 한 가지라도 먼저 추측하려고 애쓰면서 어린 시절을 런던과 뉴욕을 오가며 보냈다. 그는 암소의 털 색깔처럼 호감 가는 갈색 눈의 미남이었는데 이 눈은 1913년에 브로드웨이의 청중들을 바라보던 엄마의 눈과 같은 것이었다.

초청장을 받고 그는 일이 잘 풀리고 있는 거라고 확

신했다. 평소에 그는 일요일에는 외출하지 않고 맑은 정신으로 집에 일감을 가져오곤 했다. 최근 회사에서는 조얼에게 매우 중요한 여배우를 위해 유진 오닐의 희곡을 맡겼다. 지금까지 그가 해 왔던 일들이 마일스 캘먼을 흡족하게 했고 마일스 캘먼은 할리우드에서 일하는 감독으로서 누구의 지시도 받지 않고 오로지 제작자들에 대한 책임만 지고 있었다. 조얼의 경력에 있어 모든 일이 순조롭게 진행되고 있었다.

("캘먼 감독의 비서입니다. 일요일 4시부터 6시까지 차 한잔하러 들르시겠습니까? 주소는 비벌리힐스 ○○번지…….")

조얼은 우쭐해졌다. 상류층 사람들이 모인 파티일 것이 틀림없었다. 이 초대는 전도유망한 젊은이로서의 자신에 대한 찬사와 마찬가지였다. 매리언 데이비스 패거리, 거만하게 구는 사람들, 막대한 자금을 가진 사람들, 심지어 디트리히와 가르보와 후작 부인 등 어디에서도 보기 힘든 사람들이 캘먼의 집으로 모일지도 모른다.

"술은 절대 마시지 않을 테야."

그는 스스로에게 다짐했다. 캘먼은 주정뱅이를 대놓고 싫어했고 영화 산업이 그들 없이는 굴러가지 못하는 것을 애석하게 여겼다.

조얼은 작가들이 술을 지나치게 많이 마신다는 것에 공감했다. 자신도 그런 편에 속했지만 오늘 오후에는 그렇게 하지 않을 것이었다. 그는 마일스 가까이에 앉아 있다가 칵테일 잔이 돌 때 자신이 간결하고 공손하게 "저는 괜찮습니다."라고 사양하는 것을 그가 들을 수 있길 바랐다.

마일스 캘먼의 집은 극도의 감동적인 순간을 위해 지어졌다. 마치 저 멀리서 고요한 전망이 청중을 숨기고 있는 것처럼 누가 듣고 있는 듯한 분위기가 풍겼다. 하지만 오늘 오후에는 마치 사람들이 초청을 받았다기보다 참석 명령이라도 받은 것처럼 떼 지어 모여들었다. 조얼은 스튜디오에서 초대받은 작가들이 자신을 제외하곤 단지 두 명뿐이라는 사실에 긍지를 느꼈다. 한 명은 기품 있는 영국인이었고 다른 한 명은 놀랍게도 냇 커프였는데, 그는 캘먼이 주정뱅이에 대해 짜증스러운 언급을 하게끔 자극한 사람이었다.

스텔라 캘먼(물론 스텔라 워커였다.)은 조얼과 얘기한 뒤로 다른 손님들에게 가지 않았다. 그녀는 오래 머물렀다. 그녀는 일종의 찬사를 보내야 할 것 같은 아름다운 시선으로 그를 바라보았다. 조얼은 재빨리 어머니로부터 물려받은 적절한 극적 행동을 취했다.

"아니, 열여섯 살 정도로밖에 보이지 않습니다! 유모차는 어디에 있나요?"

그녀는 눈에 띄게 기뻐했다. 그녀는 계속 머물렀다. 그는 뭔가 자신 있고 부드러운 말을 좀 더 하는 것이 좋겠다는 생각이 들었다. 그가 그녀를 처음 만났던 건 그녀가 뉴욕에서 푼돈이라도 벌려고 필사적으로 애쓸 때였다. 그 순간 누군가가 쟁반을 들어 올리자 스텔라가 칵테일 잔을 집어 그의 손에 쥐어 주었다.

"모두 불안해하고 있어요. 그렇지 않아요?"

칵테일 잔을 멍하니 바라보며 그가 말했다.

"모두 다른 사람들의 실수를 지켜보거나, 자신에게 명예가 될 사람들과 함께 있다고 믿으려 애쓰고 있어요. 물론 당신의 집에서는 해당되지 않겠지만요."

그가 허둥대며 자신이 한 말을 감추었다.

"제 말은 단지 할리우드에서는 대개 그렇다는 뜻이었습니다."

스텔라도 동의했다. 그녀는 마치 그가 아주 중요한 인물이라도 되는 양 조얼에게 여러 사람을 소개해 주었다. 마일스가 방의 다른 쪽에 있다고 생각하고 조얼은 칵테일을 마셨다.

"그러니까 아기를 낳으셨다고요?"

그가 말했다.

"조심해야 할 시기입니다. 예쁜 여자는 첫 아이를 낳고 나면 아주 취약해집니다. 왜냐하면 자신의 매력을 확인하고 싶어 하니까 말입니다. 자신이 아무것도 잃지 않았다는 걸 증명하기 위해서는 새로운 남자의 무조건적인 애정이 필요하지요."

"저는 누구에게서도 무조건적인 애정을 받아 본 적이 없는걸요."

스텔라가 조금 언짢은 듯이 말했다.

"당신의 남편이 두려운 모양이지요."

"그것 때문이라고 생각하세요?"

그녀는 그에 대해 생각하느라 눈썹을 일그러뜨렸다.

그러고 나서 조얼이 원하던 바로 그 순간 대화가 끊겼다.

그녀의 관심이 그에게 용기를 주었다. 안전한 무리에 끼거나, 방 주위에서 보았던 그런 안면 있는 사람들의 날개 아래에서 은신하기 위해 도망칠 필요가 없었다. 그는 창가로 걸어가 천천히 저물어 가는 태양 아래에서 흐릿해진 태평양을 바라보았다. 이곳은 훌륭했다. 미국의 리비에라 혹은 그 비슷한 것이라 불려도 손색없을 정도였다. 이것들을 즐길 시간만 있었더라면…… . 방 안에 있는 옷을 잘 차려입은 잘생긴 사람들, 사랑스러운 아가씨들, 그리고…… 또 사랑스러운 아가씨들 말이다. 모든 것을 다 가질 수는 없다.

그는 피로한 눈꺼풀이 항상 조금 처져 한쪽 눈을 덮은 스텔라가 생기 있는 소년 같은 얼굴을 한 채, 손님들 사이로 돌아다니는 것을 보았다. 그는 단지 이름뿐만이 아닌 젊은 여자로서 그녀와 함께 앉아 오랫동안 이야기하고 싶어졌다. 그는 그녀가 자신에게 보여 주었던 만큼 다른 사람에게도 관심을 쏟는지 보기 위해 그녀의 뒤를 따라갔다. 그는 칵테일을 한 잔 더 마셨다. 자신감이 필요해서가 아니라 그녀가 자신감을 무척 많

13

이 주었기 때문이다. 이내 그는 감독의 어머니 옆에 앉았다.

"캘먼 부인, 댁의 아드님은 전설적인 존재가 되었습니다. 신탁이자 운명의 인간 뭐 그런 비슷한 거 말입니다. 개인적으로는 아드님에 대해 반대하지만 저 같은 사람은 소수에 불과합니다. 아드님에 대해 어떻게 생각하시는지요? 감동을 받으셨습니까? 지금까지 성공한 것에 놀라셨습니까?"

"아니, 난 놀라지 않았네."

그녀가 차분하게 말했다.

"우리는 항상 마일스에게 많은 것을 기대했거든."

"그건 보기 드문 일인데요."

조얼이 언급했다.

"저는 항상 모든 어머니는 나폴레옹의 어머니와 비슷할 거라고 생각했거든요. 우리 어머니는 제가 연예사업과 관련되는 것을 바라지 않으셨습니다. 어머니는 제가 웨스트포인트에 들어가서 미래가 보장된 일을 하길 바라셨지요."

"우린 항상 마일스를 진심으로 믿었지."

그는 유머 감각이 풍부하고 술고래이자 급료를 많이 받는 냇 커프와 함께 식당의 붙박이 바 옆에 서 있었다.

"……작년 동안 10만 달러나 벌었는데 4만 달러를 도박에서 잃었지 뭔가. 그래서 이제 매니저를 고용했지."

"에이전트 말이겠지요."

조얼이 말했다.

"아니, 에이전트도 있어. 내 말은 매니저 말이야. 내가 번 돈을 모두 아내에게 넘겨주면 매니저와 아내가 상의해서 돈을 나눠 준다네. 내 돈을 돌려받기 위해 그에게 1년에 5천 달러나 주고 있지."

"에이전트잖아요."

"아니, 매니저라니까. 나만 그런 게 아니야. 무책임한 다른 사람들도 매니저를 두고 있어."

"글쎄요, 당신이 무책임하다면 왜 매니저를 고용할 정도로 책임감을 갖고 있는 겁니까?"

"나는 단지 도박에만 무책임한 거야. 여길 봐……."

가수 한 명이 공연을 했다. 조얼과 냇은 노래를 듣기 위해 다른 사람들과 함께 앞으로 걸어갔다.

2

노랫소리가 조얼의 귓가에 어렴풋이 들려왔다. 그는 그곳에 모인 용기 있고 근면한 그 모든 사람이 친근하게 느껴졌고 마음에 들었다. 그들은 무지와 무절제한 생활에서 그들을 능가하는 부르조아 계급보다 높은 위치에 있었고, 지난 10년 동안 오로지 여흥만을 원해왔던 나라에서도 현저히 높은 위치에 올랐다. 조얼은 그들이 좋았다. 그는 그들을 사랑했다. 그의 마음속으로 좋은 감정이 거대한 물결처럼 밀려들어 왔다.

가수가 노래를 마치고 여주인에게로 작별 인사를 하러 가자 조얼에게 좋은 생각이 떠올랐다. 자신이 만든 '좀 더 발전시키기'라는 작품을 보여 주고 싶었다. 객실에서 하는 흥밋거리에 지나지 않았지만 여러 사람을 흥겹게 해 준 적이 있었고, 어쩌면 스텔라 워커를 즐겁게 해 줄지도 몰랐다. 이런 예감에 사로잡히자 그의 심장은 자신을 드러내길 좋아하는 스칼렛이라는 혈구로 두근거렸고, 그는 그녀를 찾아냈다.

"물론이죠!"

그녀가 외쳤다.

"제발요! 뭐 필요한 건 없나요?"

"제가 하는 말을 받아 적을 비서가 한 사람 필요합니다."

"제가 할게요."

이 말이 퍼지자 그곳을 나서려고 이미 외투를 입고 홀에 있던 손님들이 다시 돌아왔고, 조엘은 여러 낯선 이들과 눈이 마주쳤다. 방금 공연한 사람이 유명한 라디오 예능인이라는 것을 깨닫자, 어렴풋이 불길한 예감이 들었다. 그러다 어떤 사람이 "쉬!" 하고 말했고, 그는 불길하게도 인디언처럼 반원을 이룬 사람들의 무리 중심에 스텔라와 단둘이 서 있었다. 스텔라는 기대에 차서 그를 보며 미소 지었고 그는 공연을 시작했다.

그의 익살 연극은 독립 제작자인 데이브 실버스타인 씨의 문화적 한계에 근거하는 것이었다. 실버스타인은 비서에게 그가 사 온 이야기의 초안이 되는 글자를 받아 적게 하고 있었다.

"……이혼 이야기, 젊은 세태('세대'를 잘못 말한 것으로 원문에는 generations를 generators라고 말함_옮긴이)

들과 외인부대 이야기."

그는 자신이 실버스타인 씨의 억양으로 말하는 소리를 들었다.

"하지만 우리는 좀 더 발전시켜야 하네, 알겠나?"

미심쩍은 고통이 조얼에게 날카로운 일격을 가했다. 부드러운 조명 아래에서 그를 둘러싸고 있는 얼굴들은 호기심이 어린 채 열중하고 있었지만, 그 어디에도 웃음이라고는 그림자조차 찾아볼 수 없었다. 바로 앞에서 대단한 영화 애호가가 감자 눈처럼 날카로운 눈으로 그를 노려보고 있었다. 오직 스텔라 워커만이 결코 머뭇거리지 않는 밝은 미소로 그를 쳐다보고 있었다.

"만일 우리가 그를 멘주 같은 유형으로 만들 수만 있다면, 우리는 호놀룰루 분위기를 한 마이클 알렌 같은 사람과 함께 작업할 수 있을 텐데."

여전히 앞쪽에선 작은 소리도 들리지 않았지만, 뒤쪽에선 바스락거리는 소리가 나더니 왼쪽 앞문으로 움직이는 모습이 보였다.

"……그러다 그녀가 그에게 섹스아필(섹스어필을 잘못 말한 것_옮긴이)을 느낀다고 말하자 그는 에너지가 소진되어 '오, 나가 죽어 버려.'라고 말했다……."

어느 시점에서 그는 냇 커프가 킬킬거리는 것을 들었고 여기저기에서 기운이 나게 해 주는 표정들을 보았다. 하지만 그가 공연을 마쳤을 때 그는 자신의 출세에 영향을 미칠 만한 영화계의 중요한 인물들이 보는 앞에서 자기 자신을 바보로 만들었다는 사실을 몸서리치도록 실감했다.

사람들이 문을 향해 우르르 나가는 바람에, 조얼은 낙담한 채 잠시 혼란스러운 침묵의 한가운데에 있었다. 그는 사람들이 나지막하게 수군거리며 비웃는 소리를 들었다. 그러다 (이 모든 것은 10초 사이에 벌어졌다.) 대단한 영화 애호가가 바늘귀만큼이나 혹독하고 공허한 눈초리를 하고는 사람들의 기분을 대변하듯이 높은 목소리로 "우우! 우우!" 하고 소리쳤다. 그것은 프로가 아마추어에게, 지역 사람들이 이방인에게 보내는 분개이자 문중의 비난이었다.

오로지 스텔라 워커만이 여전히 옆에 서서 마치 그가 전대미문의 성공이라도 한 듯, 그 누구도 그것을 좋아하지 않았다는 생각이라고는 전혀 들지 않은 듯이 고마워하고 있었다. 냇 커프가 조얼이 외투를 입는 것을 도와줄 때, 자기혐오의 감정이 거대한 밀물처럼 그를 휩쓸었고, 그는 더 이상 그것이 느껴지지 않을 때까지 열등감을 결코 드러내지 않는다는 규칙에 필사적으로 매달렸다.

"완전히 실패로 끝났네요."

그가 가만히 스텔라에게 말했다.

"신경 쓰지 마세요. 감상할 줄 아는 사람에겐 훌륭한 연극이었어요. 함께 연기하느라 수고했어요."

그녀의 얼굴에서 미소가 사라지지 않았다. 그는 술에 취한 듯 고개 숙여 인사를 했고 냇은 조얼을 문 쪽으로 데리고 갔다.

아침 식사가 도착하는 바람에 그는 잠에서 깨어나 다시 낙담하고 괴로운 세상으로 돌아왔다. 어제까지만 해도 그는 영화 산업에 맞서 불꽃처럼 당당했지만, 오늘 그는 개개인의 모욕과 집단적인 조롱에 맞서 대단히 불리한 상황에 처했다. 더 나쁜 것은 마일스 캘먼에게 그는 품위를 잃어버린 술주정뱅이 중 하나가 되었고, 캘먼은 자신도 모르게 조얼을 고용한 것을 후회할 거라는 점이다. 그녀의 집의 호의를 유지하도록 희생을 강요받았던 스텔라 워커도 마찬가지일 것이다. 그는 감히 그녀의 견해를 짐작할 엄두도 나지 않았다. 도저히 위액이 분비되지 않을 것 같아 그는 삶은 달걀을 전화 테이블 위로 올려놓았다. 그러고는 다음과 같은 편지를 썼다.

마일스 씨께
저의 진심 어린 자기 혐오감을 상상할 수 있으실 테지요.
자기 과시를 하고 싶어 했던 마음을 실토합니다. 그것도
오후 6시, 환한 대낮에 말입니다!
오 세상에! 부인께도 사과드립니다.

당신의 영원한 벗
조얼 콜스 올림

조얼은 자신의 사무실에서 나와 범인처럼 담배 가게로 살금살금 걸어갔다. 그의 태도가 어찌나 의심스러웠는지 스튜디오 경비가 그의 출입 허가증을 보여 달라고 했다. 조얼은 밖에 나가서 점심을 먹기로 결심했

는데 냇 커프가 의기양양하게 활기찬 발걸음으로 그를 따라왔다.

"영영 은퇴라도 하려고? 그 셋갖춤 양복을 입은 사람이 너에게 야유를 했다 한들 그게 뭐 큰 대수란 말이야?"

그가 조얼을 스튜디오 식당으로 데리고 가면서 말을 이었다.

"내 말 좀 들어 봐. 그로먼스 극장에서 최초 공연을 하던 날 밤에 조 스콰이스가 청중들에게 허리 숙여 인사를 하다가 그만 그의 엉덩이를 발로 찼지 뭔가. 그랬더니 그 사람이 조에게 나중에 할 이야기가 있다고 했고, 조가 다음 날 8시에 전화를 걸어 '저에게 하실 말씀이 있다고 하셨는데요.'라고 말했더니 그 사람이 전화를 끊어 버렸다지 뭐야."

그 터무니없는 이야기는 조얼의 기운을 북돋워 주었고, 그는 옆 테이블에 앉아 있는 사람들을 바라보며 우울하지만 조금이나마 위안을 얻었다. 옆 테이블에는 슬픈 얼굴의 귀여운 샴쌍둥이와 초라한 난장이들, 서커스 영화에서 온 거만한 거인이 있었다. 하지만 그들 너머로 노랗게 화장한 예쁜 여자들의 얼굴과 우수에 젖은 눈동자와 화려한 무도회 가운을 보다가, 그는 캘먼의 집에서 봤던 사람들을 발견하고는 움찔했다.

"다시는 가지 않을 거야. 단언컨대, 그건 할리우드에서 내가 참석한 마지막 사교 모임이었어!"

그가 크게 소리를 질렀다.

다음 날 아침 그의 사무실에 전보가 한 장 와 있었다.

당신은 우리 집 파티에 왔던 사람 중에 가장 호감이 가는 사람이었어요. 다음 일요일 제 여동생 준의 저녁 식사 뷔페에 와 주시길 바랍니다.

스텔라 워커 캘먼

잠시 들떠서 피가 빠른 속도로 핏줄을 타고 도는 기분이었다. 믿을 수 없다는 듯 그는 전보를 다시 한 번 읽어 보았다.

"아니 이건! 내 평생에 들어 본 말 중에 가장 기분 좋은 말인걸!"

3

또다시 광란의 일요일이 찾아왔다. 조얼은 11시까지 잠을 자고 일어나 지난주에 있었던 사건을 따라잡기 위해 신문을 읽었다. 그는 자기 방에서 송어와 아보카도 샐러드에 캘리포니아산 와인을 곁들인 점심 식사를 했다. 차 마시러 갈 때 입는 옷차림으로 그는 체크무늬 양복과 파란 셔츠, 그리고 짙은 오렌지색 타이를 골랐다. 두 눈 밑에 피로로 인한 다크서클이 생겨 있었다. 그는 자신의 중고차를 몰아 리비에라 아파트로 갔다. 스텔라의 여동생에게 자신을 소개하고 있을 때, 마일스와 스텔라가 승마복 차림으로 도착했다. 그들은 비벌리힐스의 뒤쪽 흙길을 오는 동안 거의 오후 내내 심하게 말다툼을 했다.

마일스 캘먼은 키가 크고 신경질적이면서 극도의 유머 감각을 가진 사람으로 조얼이 이제껏 봐 왔던 눈 중에 가장 불행한 눈을 가진 사람이었는데, 그는 신기하게 생긴 머리끝에서부터 흑인 같은 발에 이르기까지 완전한 예술가였다. 그는 이런 두 발로 단단히 서 있었다. 실험적인 실패작들을 만드는 사치를 부리느라 때때로 값비싼 대가를 치르곤 했지만 절대 싸구려 영화는 만든 적이 없었다. 그와 교제를 해 보면 즐겁긴 하지만 함께 오래 있다 보면 그가 건강한 사람은 아니라는 것을 깨닫게 된다.

그들이 들어오는 순간부터 조얼의 하루는 헤어날 수 없이 그들의 하루와 묶여 버렸다. 조얼이 그들 주위에 있는 사람들과 함께 있자 스텔라는 조바심이 나는 듯 작게 혀를 끌끌 차며 외면해 버렸다. 그리고 마일스 캘먼이 우연히 옆에 선 사람에게 말했다.

"에바 거벨에게 너무 심하게 하지 마. 그 여자 때문에 집에서 아주 골치가 아파."

마일스가 조얼을 돌아보며 말했다.

"어제 사무실에서 자네를 못 봐서 미안하네. 오후 내내 정신분석 전문의 사무실에 있었다네."

"정신분석 치료를 받고 계십니까?"

"몇 달 되었다네. 처음에는 폐소공포증 때문에 갔는데, 이제는 내 인생 전체를 정리하려고 하고 있네. 의사들 말로는 1년은 넘게 걸릴 거라고 하더군."

"마일스 씨 인생에는 아무 문제가 없습니다."

조얼이 그를 안심시켰다.

"응, 없다고? 글쎄, 스텔라는 그렇게 생각하지 않는 듯한데. 아무에게나 물어보게……. 그러면 누구든 그것에 대해 말해 줄 걸세."

그가 쓸쓸하게 말했다.

아가씨 한 명이 마일스의 의자 팔걸이에 걸터앉았다. 조얼은 스텔라에게 가로질러 갔고, 스텔라는 수심에 잠겨 난로 옆에 서 있었다.

"전보를 보내 주셔서 고맙습니다."

그가 말했다.

"정말 기뻤습니다. 부인처럼 아름다운 분이 그렇게 마음씨도 다정한 건 상상도 할 수 없는 일이랍니다."

그녀는 그가 이제껏 봤던 것보다 좀 더 예뻤고, 어쩌면 그의 눈에 담긴 아낌없는 찬사가 그녀의 마음을 그에게 털어놓도록 자극했을지도 모른다. 그러기까지는 그리 오래 걸리지 않았다. 왜냐하면 그녀는 한눈에 봐도 감정이 폭발하기 일보 직전이었기 때문이다.

"……그리고 마일스가 2년 동안이나 이 짓을 계속해

왔는데도 나는 전혀 알지 못했어요. 글쎄 그 여자가 거의 우리 집에서 지내다시피 하던 나의 가장 친구 중 한 명이었지 뭐예요. 결국 사람들이 나에게 와서 말해 주기 시작하자 마일스도 시인할 수밖에 없었죠."

그녀는 조얼의 의자 팔걸이에 힘주어 앉았다. 그녀가 입고 있던 승마용 바지는 의자 색깔과 같았고, 조얼은 그녀의 머리카락 다발이 적금색과 옅은 금색 가닥으로 되어 있어 염색이 되지 않는다는 것과 그녀가 화장을 전혀 하지 않았다는 것을 알게 되었다. 그녀는 그 정도로 예뻤던 것이다.

새로운 사실을 안 충격으로 여전히 몸을 떨며, 스텔라는 새로운 여자가 마일스의 주변을 맴돌고 있는 광경이 견딜 수 없었다. 그녀는 조얼을 침실로 데려가 커다란 침대 양쪽 끝에 앉아 계속 이야기를 이어 갔다. 화장실에 가던 사람들이 흘긋흘긋 바라보며 짓궂은 말을 던졌지만, 스텔라는 전혀 신경을 쓰지 않고 자신의 이야기를 털어놓았다. 잠시 후 마일스가 문 안으로 고개를 들이밀고 말했다.

"조얼에게 반 시간도 안 되는 동안 뭔가를 설명하려

는 건 소용없는 일이야. 나도 내 자신을 이해 못 하고 정신분석 전문의도 그걸 이해하는 데 1년은 꼬박 걸릴 거라고 했단 말이야."

그녀는 마일스가 그곳에 없다는 듯이 계속 말을 이어 나갔다. 그녀는 마일스를 사랑했다고 말했다. 무수한 어려움 속에서도 그녀는 항상 그에게 충실했다고 했다.

"정신분석 전문의 말로는 마일스가 어머니 콤플렉스가 있다는 거예요. 첫 번째 결혼 생활에서 그는 어머니 콤플렉스를 부인에게로 전이했고, 당신도 알다시피…… 그러고 나서 그는 나에게서 섹스를 충족시켰어요. 하지만 우리가 결혼하자 똑같은 일이 되풀이되고 말았던 거예요. 그는 어머니 콤플렉스를 나에게로 전이하고 그의 모든 리비도를 다른 여자들을 향해 발산했어요."

조얼은 이 말이 전혀 얼토당토않은 건 아님을 알고 있었다. 그런데도 얼토당토않은 말로 들렸다. 그는 에바 거벨을 잘 알고 있었다. 그녀는 어머니 같은 성격으로, 완벽한 외모의 스텔라보다 나이도 더 많고 어쩌면 더 똑똑한 것 같았다.

이제 마일스는 조얼에게 스텔라가 할 말이 너무 많으므로 자기들과 함께 집으로 가자고 참을성 없이 제안했고, 그들은 비벌리힐스의 대저택으로 차를 몰고 갔다. 높은 천장 아래의 상황은 더욱 엄숙하고 비극적이었다. 창문 밖은 온통 어둡지만 아주 맑고 섬뜩하게 환한 밤이었고, 스텔라는 얼굴이 온통 붉은 금빛이 된 채 미친 듯이 울며 방 안을 돌아다녔다. 조얼은 여배우들의 비탄을 믿지 않는 편이었다. 그들은 다른 우선 과제가 있었다. 그들은 작가와 감독들이 삶에 숨을 불어넣은 아름다운 붉은 금빛의 인물들이었다. 슬퍼하다가도 몇 시간 뒤에는 둘러앉아 속삭이고 킥킥 웃으며 빈정대는 말을 하고, 그러면 온갖 모험이 밀물처럼 그들에게로 밀려온다.

그는 때때로 귀 기울여 듣는 척했지만 그보다도 그녀가 옷을 얼마나 멋지게 갖춰 입었는지를 생각하고 있었다. 그녀는 다리 부분이 짝을 이룬 맵시 있는 승마 바지에 목 부분이 조금 높은 이탈리아풍 스웨터와 짧은 갈색 샤무아 가죽 외투를 입고 있었다. 그는 그녀가 영국 귀부인을 흉내 내고 있는 것인지 아니면 영국 귀부인이 그녀를 흉내 내고 있는 것인지 알 수가 없었다. 그녀는 현실에서의 가장 현실적인 모습과 가장 뻔뻔스럽게 배역을 소화해 내고 있는 모습 사이를 헤매고 있었다.

"마일스는 나에게 질투심이 너무 강해서 내가 하는 것에 사사건건 질문을 던져요."

그녀는 경멸하듯 소리쳤다.

"내가 뉴욕에 있었을 때 에디 베이커와 함께 극장에 갔다고 편지를 쓴 적이 있었어요. 마일스는 질투심에 사로잡혀 하루에 열 번씩이나 전화를 했지 뭐예요."

"난 그때 제정신이 아니었다고."

마일스가 코를 세게 킁킁거렸는데 그것은 그가 긴장했을 때 나오는 버릇이었다.

"정신분석가는 한 주 가지고는 아무 결과도 얻을 수 없었어."

스텔라는 절망적으로 고개를 저었다.

"당신은 내가 3주 동안 호텔 방에 박혀 있길 바랐나요?"

"아무것도 바라지 않았어. 내가 질투심이 많다는 건 인정해. 안 그러려고 노력하고 있어. 그 문제에 대해 브리지베인 의사와 상담했지만 아무 도움도 되지 않았어. 당신이 오늘 오후에 조얼의 의자 팔걸이에 걸터앉았을 때도 나는 조얼을 질투했다고."

"당신이 그랬다고요?"

그녀는 화들짝 놀랐다.

"당신이 그랬다고요? 당신 의자 팔걸이에는 다른 누군가가 앉아 있지 않았던가요? 그리고 당신은 나에게 두 시간 동안 말이라도 건넸나요?"

"당신은 침실에서 조얼에게 고민을 늘어놓고 있었잖아."

"그, 그 여자 생각만 하면……."

그녀는 에바 거벨의 이름을 생략하면 그녀의 존재가 줄어들 거라고 믿는 듯했다.

"우리 집에 자주 오곤 했던……."

"좋아…… 좋다고."

마일스가 진저리 난다는 듯 말했다.

"나는 모든 걸 다 인정했고 나도 당신만큼이나 그 문

제에 대해 마음이 안 좋아."

조얼을 돌아보며 그가 영화에 관해 이야기를 시작하자, 그사이 스텔라는 손을 승마 바지 주머니에 넣고 길게 뻗은 벽을 따라 침착하지 못하게 움직였다.

"마일스는 형편없는 대우를 받아 왔어요."

그녀가 마치 그녀의 개인적인 문제는 전혀 이야기하지 않았던 양, 돌연히 대화로 다시 돌아오면서 이야기를 꺼냈다.

"여보, 벨처 노인이 당신의 영화를 바꾸려고 한다는 이야기를 조얼에게 들려줘요."

그녀가 그를 대신해 분노로 눈을 번뜩이며 마일스를 보호하는 듯이 맴돌며 서 있는 동안, 조얼은 자신이 그녀를 사랑하게 되었음을 깨달았다. 흥분으로 숨이 막힐 듯한 기분에 그는 자리에서 일어나 작별 인사를 했다.

월요일이 밝아 오자 새로운 한 주는 이론적인 토론이나 일요일의 가십과 스캔들 따위와는 뚜렷한 대조를 보이며 평일의 리듬을 되찾았다. 대본의 세부적인 수정 사항에 관한 끝없는 논의가 있었다.

"디졸브 일색으로 처리하는 대신 그녀의 목소리를

사운드 트랙에 남겨 놓고 벨의 앵글에서 택시를 중간 샷으로 컷하거나, 아니면 단순히 카메라를 뒤로 당겨 기차역을 포함해 잠시 고정해 놓고서 늘어선 택시의 행렬을 따라가며 패닝하면서 화면에 담으면 됩니다."

월요일 오후가 되자 조얼은 남을 즐겁게 하는 일을 하는 사람들도 즐거워할 특권을 갖고 있다는 사실을 다시 잊어버렸다. 저녁에는 마일스 저택으로 전화를 했다. 그는 마일스에게 전화를 걸었지만 스텔라가 전화를 받았다.

"문제는 좀 해결이 되었는지요?"

"특별히 그렇진 않아요. 다음 토요일 저녁에는 뭐하세요?"

"아무 일도 없습니다."

"페리 부부가 저녁 만찬 겸 연극 파티를 연대요. 마일스는 같이 가지 않을 테고……. 그이는 비행기를 타고 사우스 벤드에 노트르담 대 캘리포니아의 시합을 보러 가거든요. 그이 대신 당신이 나랑 같이 가면 좋을 텐데요."

긴 침묵이 흐른 후 조얼이 입을 열었다.

"아…… 물론입니다. 회의가 있다면 저녁 식사는 안 되겠지만 연극은 보러 갈 수 있습니다."

"그러면 우리 둘이 같이 간다고 말해 놓을게요."

조얼은 사무실 안을 서성거렸다. 캘번 부부의 부자연스러운 관계라는 관점에서 본다면 마일스는 기뻐할까, 아니면 그녀는 마일스가 모르게 할 작정일까? 그건 불가능한 일이었다. 만약 마일스가 그 일을 언급하지 않는다 해도 조얼이 말할 것이다. 이런저런 생각으로 그가 다시 일에 착수하기까지는 한 시간도 더 걸렸다.

수요일에는 담배 연기가 행성과 성운을 만들어 낸 회의실에서 네 시간 동안이나 입씨름이 계속되었다. 세 명의 남자와 한 명의 여자가 돌아가며 양탄자를 왔다 갔다 하며 제안하거나 비난하고, 매섭게 말하거나 설득하고, 확신에 차거나 절망적인 태도로 말을 했다. 마지막에 조얼은 우물쭈물하며 마일스에게 말을 걸었다.

이 남자는 지쳐 있었다. 피로가 쌓여서가 아니라 삶에 지쳐 있었다. 눈꺼풀은 축 처지고 입 언저리의 푸릇푸릇한 그늘 위에 턱수염이 두드러지게 돋아 있었다.

"노트르담 경기를 보러 가신다고 들었습니다."

마일스는 조얼의 뒤쪽을 보며 고개를 저었다.

"그 생각은 이미 포기했네."

"아니, 왜요?"

"자네 때문이네."

그는 여전히 조얼을 보지 않고 말했다.

"그게 무슨 말씀이세요, 마일스 씨?"

"그렇기 때문에 내가 포기한 거야."

그는 습관처럼 보이는 자조적인 웃음을 지었다.

"스텔라가 악의에 차서 무슨 짓을 꾸밀지 알 수가 없어. 그 여편네가 자네한테 페리 부부네 파티에 함께 가자고 했지, 그렇지? 난 경기를 즐겁게 볼 수 없을 거네."

촬영장에서는 그렇게 날래고 자신만만하고 뛰어난 직감이 그의 개인 생활 전반에서는 약하고 무기력하게 갈피를 못 잡고 있었다.

"이것 보세요, 마일스 씨."

조얼은 인상을 찌푸리며 말했다.

"저는 부인에게 추근댄 적이 없습니다. 만약 진짜로 저 때문에 여행을 취소하려는 거라면, 제가 부인과 페리 부부 파티에 가지 않겠습니다. 부인을 만나지도 않겠습니다. 저를 전적으로 믿으셔도 됩니다."

마일스가 이제 조심스럽게 그를 살폈다.

"그럴 수도 있겠지."

그는 어깨를 으쓱해 보였다.

"어쨌든 다른 누군가가 또 있겠지. 경기를 봐도 아무런 재미가 없을 거야."

"부인께 별로 믿음이 없으신가 보군요. 부인은 항상 당신에게 충실했다고 하던데요."

"그랬을 수도 있겠지."

지난 몇 분 동안 마일스의 입가의 근육이 좀 더 축 늘어졌다.

"하지만 일이 벌어지고 나서 내가 그녀에게 뭘 물어볼 수 있겠는가? 내가 어떻게 그녀에게 기대할 수 있겠는가……."

그는 갑자기 말을 멈추더니 얼굴이 더욱 굳어져서 말을 이었다.

"내 장담하는데, 내가 이제껏 옳았건 틀렸건 상관없이 그녀에게 무슨 일이라도 일어나면 나는 이혼할 걸세. 난 내 자존심에 해가 되는 건 참을 수 없어. 그게 내

인내심의 마지막 한계야."

그의 어조는 조얼을 난처하게 했지만, 조얼은 이렇게 말했다.

"부인은 에바 거벨 문제에 대해 좀 진정이 되셨나요?"

"아닐세."

마일스는 비관적으로 코를 킁킁거렸다.

"나 자신도 그 일을 극복할 수 없으니 말이야."

"저는 다 해결된 줄 알았지요."

"에바를 다시는 보지 않으려고 노력하고는 있지만 자네도 알다시피 무엇이든 그런 식으로 관계를 뚝 끊어 버리는 게 쉬운 일은 아니지 않은가…… 간밤에 택시 안에서 키스한 그런 여자도 아니고! 정신분석 전문의가 말하기로는……."

"저도 알고 있습니다."

조얼이 말을 가로막았다.

"부인께서 말씀해 주셨지요."

기분이 울적해지는 말이었다.

"그나저나 제 생각으로는, 당신이 경기를 보러 가시면 저는 부인을 만나지 않을 겁니다. 그리고 제 생각에

37

부인은 그 누구에 대해서도 양심에 거리낄 게 없다고 확신합니다.”

“그럴지도 모르지.”

마일스가 열의 없이 말을 되풀이했다.

“어쨌든 난 여기 남아서 그녀를 파티에 데려갈 것일세. 그런데 말이야.”

그가 불쑥 말했다.

“난 자네도 왔으면 좋겠네. 서로 마음이 통하는 사람과 함께 대화를 했으면 좋겠거든. 바로 그게 문제야……. 나는 모든 일에서 스텔라에게 영향을 끼쳐 왔어. 특히 내가 끼친 영향 때문에 그녀는 내가 좋아하는 사람들은 죄다 좋아하게 된단 말이야……. 정말 어려운 일이야.”

“그렇겠네요.”

조얼이 맞장구를 쳤다.

4

조얼은 저녁 식사에는 참석할 수 없었다. 전반적인 실업 상태에 비하여 자신은 실크해트를 쓰고 있다는 사실을 의식하며, 그는 할리우드 극장 앞에서 다른 사람들을 기다리면서 저녁 퍼레이드를 지켜보았다. 화려한 특정 영화배우들을 어설프게 흉내 낸 사람들과 폴로 코트를 입은 절름발이들, 수염을 기르고 사도의 지팡이를 짚은 무거운 발걸음의 수도사들, 이 공화국의 모퉁이가 7대양으로 열려 있다는 것을 알려 주는 대학생 옷차림의 세련된 필리핀 사람 두 명, 길게 늘어서서 남학생 사교 클럽 입회 행사임을 알리는 젊은이들의 외침 소리로 가득한 환상적인 카니발 등의 행렬 말이다. 사람들의 줄이 둘로 갈리더니 근사한 리무진 두 대가 지나가다 연석 앞에 멈춰 섰다.

수천 개의 옅은 파란색 조각들로 만들어진 얼음물 같은 옷을 입고 목에 고드름이 똑똑 떨어지는 듯한 차림으로 그녀가 나타났다. 그는 앞으로 다가갔다.

"내 드레스 마음에 들어요?"

"마일스 씨는 어디 있습니까?"

"결국 경기를 보러 비행기 타고 갔어요. 그이는 어제 아침에 떠났어요. 적어도 내가 생각하기엔……."

그녀는 말을 멈추었다.

"방금 사우스 벤드에서 전보를 한 통 받았는데 그가 돌아온다고 하네요. 아, 내 정신 좀 봐……. 이 사람들 다 알고 있는 거예요?"

여덟 명의 일행은 극장 안으로 들어갔다. 마일스는 결국 떠났고, 조얼은 그가 도착한 게 아닐까 하고 생각했다. 하지만 공연이 진행되는 동안, 청순한 밝은 머릿결 아래 얼굴 옆 선을 보이고 있는 스텔라와 함께 있자 그는 더 이상 마일스에 대한 생각이 들지 않았다. 문득 그가 뒤돌아 그녀를 바라보자 그녀도 그를 바라보았다. 그녀는 미소를 짓고 그가 원하는 만큼 오랫동안 그와 눈을 맞추었다. 막간에 둘은 로비에서 담배를 피웠고 그녀가 이렇게 속삭였다.

"다른 사람들은 모두 잭 존슨의 나이트클럽 개업식에 갈 건데……. 난 가고 싶지 않아요. 당신은요?"

"우리도 꼭 가야만 합니까?"

"꼭 그런 건 아니에요."

그녀는 망설였다.

"난 당신과 이야기를 하고 싶어요. 우리 집에 가도 되는데…… 만약 확신할 수만 있으면……."

그녀는 또다시 주저했고 조엘이 물었다.

"뭘 확신한다는 말씀이신지?"

"그러니까…… 아, 말도 안 되는 생각이라는 걸 나도 알아요. 하지만 마일스가 경기를 보러 갔는지 어떻게 확신할 수가 있죠?"

"그러니까 마일스가 에바 거벨과 있을 거라고 생각하시나요?"

"아니요, 그런 문제가 아니에요……. 하지만 그가 여기 어딘가에서 내 일거수일투족을 지켜보고 있다고 생각해 봐요. 당신도 마일스가 가끔 이상한 행동을 한다는 걸 알잖아요. 한번은 수염을 길게 기른 남자와 차를 마시고 싶어 하더니, 캐스팅 에이전시에서 한 명을 불러서 오후 내내 함께 차를 마셨지 뭐예요."

"그건 다른 문제입니다. 그는 사우스 벤드에서 당신에게 전보를 보냈습니다. 그것만 봐도 그가 경기를 보러 갔다는 걸 알 수 있죠."

연극이 끝난 후 둘은 길모퉁이에서 다른 일행들에게 인사를 하고 즐거운 표정의 응답을 받았다. 둘은 스텔라 주위로 모여든 군중들을 헤치고 황금빛 화려한 거리를 따라 유유히 빠져나갔다.

"있잖아요, 그이는 전보를 조작할 수 있어요. 그것도 무척 쉽게."

스텔라가 말했다.

그건 사실이었다. 그리고 그녀가 불안해하는 것도 어쩌면 당연하다는 생각이 들자, 조얼은 화가 났다. 만일 마일스가 그들을 향해 카메라를 들이대더라도 그는 마일스에게 어떤 죄책감도 들지 않았다. 그는 크게 말했다.

"그건 말도 안 되는 소리입니다."

상점 유리창에는 벌써 크리스마스트리가 놓여 있었고, 대로 위를 비추는 보름달은 길모퉁이의 커다란 여성 내실용 등불처럼 무대장치로 쓰이는 소품일 뿐이었다.

낮에는 유칼립투스 나무처럼 타오르던 비벌리힐스의 어두운 나무 아래로 들어가자, 조얼은 자신의 얼굴

아래에 있는 하얀 얼굴과 그녀의 둥그스름한 어깨를 흘긋 볼 뿐이었다. 그녀는 별안간 뒤로 물러서더니 그를 올려다보았다.

"당신의 눈은 꼭 당신 어머니의 눈 같아요."

그녀가 말했다.

"나는 그녀의 사진으로 스크랩북을 가득 채우곤 했어요."

"부인의 눈은 오로지 부인의 눈이고, 다른 사람의 눈과 조금도 닮지 않았어요."

그가 대답했다.

무엇 때문인지 조얼은 집으로 들어가며 땅바닥을 훑어보았다. 마치 마일스가 관목에 숨어 있기라도 한 듯. 전보 한 통이 홀 테이블에 와 있었다. 그녀가 크게 읽었다.

시카고.

내일 밤 집에 감. 당신을 생각하며. 사랑해.

마일스.

"봤죠."

전보 종이를 테이블 위에 던져 놓으며 그녀가 말했다.

"그이는 이렇게 쉽게 조작할 수 있다니까요."

그녀는 집사에게 술과 샌드위치를 가져오라고 하고는 2층으로 올라갔고, 조얼은 텅 빈 응접실로 걸어 들어갔다. 이리저리 돌아다니다가 그는 2주 전 일요일에 망신을 당하며 서 있었던 피아노 쪽으로 걸어갔다.

"그렇다면 우리는 좀 더 발전할 수 있겠군요."

그가 큰 소리로 말했다.

"이혼 이야기, 젊은 세대와 외인부대 이야기를."

그의 생각이 또 다른 전보로 옮겨갔다.

"당신은 우리 집 파티에 모였던 사람 중에 가장 호감이 가는 사람이었어요."

갑자기 어떤 생각이 그의 머리를 스쳤다. 만약 스텔라가 보낸 전보가 순수하게 호의의 표시였다면 마일스가 보내라고 부추겼을 가능성이 높았다. 왜냐하면 조얼을 초대한 사람은 마일스였기 때문이다. 아마 마일스는 이렇게 말했을 것이다.

"조얼에게 전보 한 통 쳐. 지금 비참한 상태일 테니. 스스로를 엉망으로 만들었다고 생각하고 있을 거야."

그것은 "나는 모든 일에서 스텔라에게 영향을 끼쳐 왔어. 특히 내가 끼친 영향 때문에 그녀는 내가 좋아하는 사람들은 죄다 좋아하게 된단 말이야."라는 말과 꼭 들어맞았다. 여자는 동정심을 느낀다는 이유만으로 그런 일을 한다. 오직 남자만이 책임감으로 그런 행동을 한다.

스텔라가 방 안으로 돌아왔을 때 그는 그녀의 두 손을 잡았다.

"부인이 마일스 씨에 대항하는 악의에 찬 게임에 제가 말려든 것 같은 이상한 기분이 듭니다."

그가 말했다.

"이것 좀 마셔요."

"그리고 이상한 점은 그런데도 제가 당신을 사랑하게 되었다는 것입니다."

전화벨이 울리더니 그녀는 그의 손을 벗어나 전화를 받았다.

"마일스에게서 또 전보가 왔어요."

그녀가 알렸다.

"그가 보냈든 아니면 그렇게 적혀 있든 간에 캔자스

시티에 있는 비행장에서 보낸 전보라고 하네요."

"저에게도 안부를 전해 달라고 했겠지요."

"아니요, 그는 단지 나를 사랑한다고만 했어요. 나도 그가 그렇다는 걸 믿어요. 그는 그렇게 너무나도 약하단 말이에요."

"이리 와서 내 곁에 앉아요."

조얼이 그녀를 재촉했다.

아직 이른 시간이었다. 그리고 30분이 흘러 자정이 되려면 아직 몇 분이 남았을 무렵, 조얼이 차갑게 식은 난로로 걸어가 짤막하게 말했다.

"그러니까 저에게 아무런 관심이 없단 말씀입니까?"

"전혀요. 당신은 무척 매력적이고, 당신도 그걸 알거예요. 문제는 내가 정말로 마일스를 사랑한다고 생각하고 있다는 거예요."

"물론입니다."

"그리고 오늘 밤 난 모든 게 불편하다는 마음이 들어요."

그는 화가 나진 않았다. 그는 심지어 복잡한 관계에 연루되는 것을 피했다는 사실에 어렴풋한 안도감을 느겼다. 하지만 몸의 온기와 부드러움이 차가운 푸른 의상을 녹이고 있는 그녀를 바라보자, 그는 그녀가 두고두고 후회하게 될 일 중의 하나가 될 것이라는 걸 알았다.

"이만 가 봐야겠습니다."

그가 말했다.

"택시를 부르겠습니다."

"말도 안 되는 소리예요. 운전기사가 대기하고 있는데."

그는 그녀가 자기를 가도록 내버려 두는 것을 보고 움찔했다. 그리고 그것을 알아차린 그녀는 그에게 가볍게 입을 맞추고 말했다.

"당신은 다정해요, 조얼."

그러자 갑자기 세 가지 일이 일어났다. 그는 술을 단숨에 들이켰고, 전화가 온 집 안을 크게 울렸고, 홀에 있는 시계는 트럼펫 소리로 시간을 알렸다.

아홉…… 열…… 열하나…… 열둘…….

5

또다시 일요일이 찾아왔다. 조얼은 한 주간의 업무가 아직도 수의처럼 자기 몸에 매달려 있는 것을 느끼며 그날 저녁에 극장에 갔다는 것을 깨달았다. 그는 하루가 끝나기 전에 서둘러 처리해야 하는 일에 착수하듯 스텔라에게 고백을 했다. 하지만 오늘은 일요일이다. 즐겁고 여유로울 스물네 시간이 그의 앞에 펼쳐져 있었다. 매분이 에둘러 달래듯이 접근해야 할 무엇이었고, 매 순간은 무한한 가능성의 싹을 품고 있었다. 불가능한 것은 아무것도 없었다. 모든 것이 이제 막 시작하고 있었다. 그는 술을 한 잔 더 따랐다.

높은 신음 소리를 내며 스텔라가 전화기 옆에서 힘없이 앞으로 미끄러졌다. 조얼이 그녀를 안아 올려 소파 위에 눕혔다. 그는 손수건에 소다수를 뿜어 그것으로 그녀의 뺨을 찰싹 때렸다. 전화 수화기에서는 여전히 말소리가 들려왔고 그는 그것을 자신의 귀에다 갖다 대었다.

"……비행기가 캔자스 시티 바로 이쪽에서 추락했

습니다. 마일스 캘먼 씨의 시신은 확인되었고……."

그는 수화기를 내려놓았다.

"그대로 누워 계세요."

스텔라가 눈을 떴을 때 그가 교묘하게 시간을 끌며 말했다.

"아, 무슨 일이 일어났죠?"

그녀가 작게 말했다.

"다시 전화를 걸어 봐요. 아, 무슨 일이 일어난 거지?"

"제가 바로 전화를 걸어 볼게요. 주치의 이름이 뭡니까?"

"마일스가 죽었다고 그래요?"

"가만히 누워 계세요. 아직 안 자는 하인이 있습니까?"

"나 좀 안아 줘요. 나 무서워요."

그는 팔로 그녀를 감쌌다.

"주치의의 이름을 알아야겠습니다."

그가 단호하게 말했다.

"어쩌면 착오일 수도 있습니다만 누군가가 여기 있어야 합니다."

"의사는…… 이런 맙소사, 마일스가 죽었어요?"

조얼은 2층으로 뛰어가서 암모니아수를 찾으려 낯선 약장을 뒤졌다. 아래층으로 내려오자 스텔라는 울면서 이렇게 말했다.

"그는 죽지 않았어……. 죽지 않았다는 거 알아요. 이건 그가 꾸민 계략의 일부일 거예요. 그는 나를 고문하고 있는 거예요. 그가 살아 있다는 거 알아요. 그가 살아 있다는 걸 느낄 수 있어요."

"부인, 친한 친구분들 몇 명을 부르고 싶습니다. 오늘 밤에 여기서 부인 혼자 있을 순 없어요."

"아니, 안 돼요."

그녀가 소리쳤다.

"난 아무도 볼 수 없어요. 당신이 있어 줘요. 나에겐 친구가 한 명도 없어요."

그녀가 일어나자 눈물이 얼굴을 타고 흘러내렸다.

"오, 마일스가 내 유일한 친구였는데. 그이는 죽지 않았을 거야……. 그이가 죽었을 리 없어. 내가 당장 그리로 가서 알아볼 테야. 나랑 같이 가 줘요."

"그러시면 안 됩니다. 오늘 밤에 할 수 있는 일은 없습니다. 제가 연락할 수 있도록 여자분들 이름 좀 알려 주시겠어요? 루이스? 조안? 캐멀? 누구 부를 만한 사람 없습니까?"

스텔라가 그를 멍하니 쳐다보았다.

"에바 거벨이 가장 친한 친구였어요."

그녀가 말했다.

조얼은 이틀 전 사무실에서 봤던 마일스의 슬프고 절망적인 얼굴이 떠올랐다. 죽음이라는 무시무시한 침묵 속으로 들어가자, 그에 관한 모든 것이 분명해졌다. 그는 미국에서 태어난 유일한 감독으로서 재미있는 기질에 예술가적 양심을 동시에 갖춘 사람이었다. 영화 산업에 자신을 맞추느라 융통성과 건강한 냉소와 거절을 모르고 지내 온 탓에, 그는 신경이 황폐해지는 대가를 치러야 했다. 그것만이 서글프고 위험한 현실도피 수단이었다.

바깥 출입문에서 무슨 소리가 들렸다. 갑자기 문이 열리더니 홀에 발소리가 들렸다.

"마일스!"

스텔라가 소리 질렀다.

"당신이야, 마일스? 오, 마일스가 왔어."

문간에 모습을 드러낸 사람은 전보 배달원이었다.

"초인종을 찾을 수 없어서요. 안에서 말하는 소리는 들리는데."

전보는 전화로 들은 내용을 복사한 깃이었다. 악의 적인 거짓말이라는 듯이 스텔라가 그것을 읽고 또 읽 는 동안, 조얼이 전화를 걸었다. 아직 이른 시간이었으 므로 누군가와 통화가 연결되는 것은 어려운 일이었다. 마침내 친구 몇 명을 찾는 데 성공하자 그는 스텔라에 게 독한 술을 마시게 했다.

"여기 있어 줄 거죠, 조얼."

반쯤 잠에 든 듯 그녀가 나지막하게 말했다.

"가 버리면 안 돼요. 마일스는 당신을 좋아했잖아요. 그이는 당신이……."

그녀는 격렬하게 몸을 떨며 말했다.

"오, 맙소사, 당신은 지금 내가 얼마나 외로운지 모 르는군요."

그녀는 두 눈을 감으며 말했다.

"나를 좀 안아 줘요. 마일스는 그렇게 청혼을 했었죠."

그녀는 몸을 똑바로 일으켰다.

"그이가 느꼈을 걸 생각해 봐요. 하여간 그이는 거의 모든 것을 두려워했어요."

그녀는 멍하니 고개만 좌우로 흔들었다. 갑자기 그녀는 조얼의 얼굴을 잡고 자기 얼굴 가까이로 끌어당겼다.

"가지 말아요. 당신은 날 좋아하잖아…….. 당신, 나를 사랑하죠, 그렇죠? 아무에게도 전화하지 말아요. 내일도 시간은 충분하니까. 오늘 밤 나와 함께 있어 줘요."

그는 그녀를 뚫어지게 쳐다봤다. 처음에는 믿기지 않아서였고 그다음에는 이해를 하자 충격을 받아서였다. 스텔라는 암중모색이라도 하듯 마일스가 짐작하던 상황을 유지함으로써 그가 살아 있도록 하려고 애쓰고 있었다. 마치 마일스가 걱정하던 만약의 일들이 여전히 존재하는 한 마일스의 정신은 죽을 수 없다는 듯이 말이다.

조얼은 결연하게 전화기로 가서 의사에게 전화를 걸었다.

"그러지 마요, 아, 아무에게도 전화하지 마라니깐!"
스텔라가 소리쳤다.

"다시 이리로 와서 날 안아 줘요."

"베일스 박사님 계십니까?"

"조얼."

스텔라가 소리쳐 불렀다.

"당신은 믿어도 된다고 생각했는데. 마일스는 당신을 좋아했어요. 그는 당신을 질투했지요……. 조얼, 이리로 와요."

아, 그때……. 만일 그가 마일스를 배신한다면 그녀는 마일스를 계속 살아 있게 할 수 있을 것인가……. 그가 진짜로 죽었다면 어떻게 그를 배신할 수 있을 것인가?

"……아주 심한 충격을 받았습니다. 바로 와 주실 수 있습니까? 그리고 간병인 한 명 구할 수 있겠습니까?"

"조얼!"

이제 초인종과 전화벨이 간헐적으로 울리기 시작했고, 자동차들이 현관 앞에 멈춰 서고 있었다.

"그래도 당신은 가지 않겠죠."

스텔라가 그에게 애원했다.

"당신은 가지 않을 거예요. 그렇죠?"

"아뇨."

그가 대답했다.

"하지만 부인께 제가 필요하다면 다시 돌아오겠습니다."

나무 끝에 간신히 매달려 있는 잎들처럼 죽음의 언저리에 위태위태하게 붙어 있는 생명들로 법석거리고 고동치고 있는 집 앞 계단에 서서, 조얼은 목구멍 속으로부터 작은 흐느낌이 새어 나오기 시작했다.

"뭐든 그가 손을 대기만 하면 모두 마술처럼 되었는데."

그는 생각했다.

"심지어 그는 그 작은 말괄량이에게도 숨을 불어넣어 걸작으로 만들었는데."

그리고 이렇게 말했다.

"이 빌어먹을 황무지에 이렇게나 큰 빈자리를 만들어 놓았다니…… 벌써!"

그러고 나서 슬픔에 잠긴 목소리로 말했다.

"알았어요. 다시 돌아올게요……. 다시 돌아올게요!"

오월제

　전쟁이 발발하자 싸워서 이겼고, 승전국의 대도시를 가로질러 개선문이 세워졌으며, 곳곳에 하양, 빨강, 담홍색 꽃들이 흩뿌려져 생기가 넘쳤다. 길고 긴 봄날 내내 귀환병들이 둥둥거리는 북소리와 기쁨에 차서 울려 퍼지는 금관악기 연주를 뒤따라 주요 도로를 행진하는 동안, 상인들과 점원들은 실랑이와 돈 계산을 제쳐 두고 창가로 우르르 몰려들어 하얗게 한 덩어리가 된 얼굴로 서서, 지나가는 대대를 경건하게 바라보았다.

　이 대도시에 이제껏 이런 장관이 펼쳐진 적은 없었다. 전쟁에서 이기자 기차는 풍요로움을 실어 왔고, 상인들이 남부와 서부로부터 식솔들을 데리고 이곳으로 떼를 지어 와서는 감미로운 축제를 모조리 맛보고 넘쳐 나게 차려진 여흥을 눈으로 직접 보려고 했기 때문이다. 그리고 여자들에게 다음 겨울에 대비하여 모피며, 황금 망사 가방이며, 색색의 비단 실내화와 금색 옷감을 사 주었다.

승전국의 기자들과 시인들이 다가오는 평화와 번영을 어찌나 쾌활하고 떠들썩하게 찬양했는지, 여러 지방에서 더욱더 많은 사람이 돈을 쓰려고 몰려들어서 열광의 와인을 마셔 댔다. 상인들은 자질구레한 장신구나 실내화를 더욱더 바삐 진열했다. 결국에는 손님이 원하는 물건을 물물교환이라도 할 수 있게 장신구나 실내화를 더 많이 보내 달라고 애원하는 지경에까지 이르렀다. 심지어 어떤 상인은 하릴없이 두 손 두 발을 다 들고 소리쳤다.

"아아! 실내화가 다 떨어졌어! 아아! 장신구도 바닥났어! 신이시여, 도와주소서! 어찌해야 할지 모르겠습니다!"

하지만 어느 누구도 그들의 크나큰 부르짖음에 귀

를 기울이지 않았다. 군중은 너무 바빴기 때문이다. 날마다 보병들이 쾌활하게 대로를 지나갔고 모두들 기뻐 날뛰었다. 왜냐하면 귀환하는 젊은이들은 순수하고 용감했으며 건강한 이와 분홍색 뺨을 지니고 있었고, 그 땅의 젊은 여자들은 처녀였으며 얼굴과 몸매 모두 아름다웠기 때문이다.

그래서 이 무렵에 이 대도시에는 뜻하지 않은 많은 사건이 일어났다. 그중 몇 가지 이야기, 아니 어쩌면 하나일지도 모르는 이야기를 여기에 풀어놓는다.

1

1919년 5월 1일 오전 9시, 젊은 남자가 빌트모어 호텔 객실 담당에게 필립 딘 씨가 그곳에 묵고 있는지, 묵고 있다면 딘 씨의 방으로 연결해 줄 수 있는지 물었다. 질문자는 맵시 있지만 닳아 빠진 양복 차림이었다. 그는 체구가 작고 날씬했으며 잘생긴 얼굴에 음침한 기운이 어렸다. 그의 눈 위엔 유난히 긴 눈썹으로, 아래엔

병약해 보이는 푸른 반원으로 테두리가 쳐져 있었다. 특히 이 푸른 반원은, 그의 얼굴을 줄기차게 떠나지 않는 미열로 물든 부자연스러운 홍조 때문에 더욱 도드라져 보였다.

딘 씨는 거기에 머무르고 있었다. 그 젊은이는 옆에 있는 전화기로 안내되었다.

잠시 후 전화가 연결되었고 잠에 취한 목소리가 저 위층 어딘가에서 응답했다.

"딘 씨입니까?"

몹시 간절한 목소리였다.

"고든이야, 필. 고든 스터렛이라고. 1층에 있어. 네가 뉴욕에 있다는 소식을 듣고는 여기 있을 거라고 예감했어."

졸린 목소리가 점차 열광적으로 바뀌었다. 아니, 고디, 잘 지냈어? 내 친구! 음, 그는 분명 놀람과 동시에 기뻐했다! 고디 올라와, 얼른!

몇 분 후 푸른 비단 잠옷 차림의 필립 딘이 문을 열었고, 두 젊은이는 쑥스러워하면서도 반갑게 인사했다. 그들은 둘 다 스물네 살 정도였고 전쟁이 일어나기 이

전 해에 예일대를 졸업했다. 하지만 둘의 공통점은 딱 거기까지였다. 딘은 금발에 혈색이 좋고 얇은 잠옷 아래로 근육질의 몸매가 비쳤다. 그의 모든 부분에서 건강과 육체적인 안락함이 엿보였다. 그는 자주 미소를 지었고 크고 커다란 뻐드렁니가 보였다.

"그러잖아도 널 찾아보려고 했어."

그는 열광적으로 외쳤다.

"2주간의 휴가를 보내던 중이거든. 잠깐 기다릴래? 금방 돌아올게. 샤워를 좀 해야겠어."

그가 욕실로 사라지자 그의 손님의 검은 눈동자는 그 방을 초조하게 두리번거리다가 구석에 있는 커다란 영국제 여행 가방, 의자 위에 흩어진 두꺼운 비단 셔츠 몇 벌, 인상적인 넥타이와 부드러운 모직 양말에 잠시 시선이 머물렀다.

고든은 자리에서 일어나 셔츠 하나를 집어 들고 잠시 살펴보았다. 그것은 아주 두꺼운 비단이었고 옅은 파란색의 줄무늬가 있는 노란색 셔츠였다. 그런 것이 거의 열 벌이 넘게 있었다. 그는 자신의 셔츠 소매를 무심코 응시했다. 가장자리가 헤져 보풀이 일었고 더

러워져 희미한 회색빛을 띠었다. 그는 비단 셔츠를 떨어뜨리고는 그의 외투 소매를 끌어 내렸고 닳아 빠진 셔츠 소매가 눈에 띄지 않도록 안쪽으로 밀어 올렸다. 그런 다음 그는 거울로 다가가 무기력하고 불행한 심경으로 자신을 비춰 보았다. 옛 영광의 상징인 그의 타이는 퇴색했고 구겨져 있었다. 이젠 더 이상 셔츠 깃의 비뚤비뚤한 단추 구멍을 가려 주지 못했다. 그는 3년 전만 하더라도 대학 4학년 동기생들 가운데 가장 옷을 잘 입는 사람을 뽑는 투표에서 몇몇 표를 받았던 기억이 떠올랐지만 별 감흥이 없어졌다.

딘이 몸을 닦으며 욕실에서 나왔다.

"지난밤에 네 옛 친구를 봤어."

그가 말했다.

"복도에서 지나쳤는데 아무리 생각해도 이름이 기억 안 나는 거야. 네가 4학년 때 뉴헤븐에 데리고 왔던 여자인데."

고든은 움찔하며 놀랐다.

"이디스 브래딘? 그 애 말이야?"

"맞아. 그 애야. 끝내 주더라. 여전히 예쁜 인형 같지 뭐야. 너도 내 말이 무슨 뜻인지 알지. 손을 대면 더럽힐 것 같더라니까."

딘은 거울 속에서 빛나는 자신의 모습을 만족스럽게 살펴보고는 이를 조금 드러내며 실쩍 미소를 지었다.

"어쨌거나 스물셋은 되었겠더라."

그가 계속해서 말했다.

"지난달에 스물둘이었어."

고든이 멍하니 말했다.

"뭐라고? 아, 지난달에. 음, 내 생각에 그 애는 감마 프사이 댄스파티에 올 모양이야. 오늘 밤에 델모니코 호텔에서 예일대 감마 프사이 댄스파티가 열리는 거 알고 있었어? 너도 와, 고디. 뉴헤븐의 반은 거기 올 거야. 초대장 구해다 줄게."

딘은 깨끗한 속옷을 걸치고는 담배에 불을 붙이고 열린 창가에 앉아, 방 안으로 쏟아지는 아침 햇살 속에서 자신의 종아리와 무릎을 살펴보았다.

"앉아, 고디."

그가 권했다.

"그동안 뭘 하고 살았는지 지금은 뭘 하는지 다 말

해 줘."

고든은 갑자기 침대 위로 쓰러져 기력 없이 얼이 빠진 채로 누웠다. 무표정할 때에는 습관적으로 약간 벌어지는 입이 갑자기 무력하고 애처로워졌다.

"무슨 문제야?

딘이 재빨리 물었다.

"아, 맙소사!"

"무슨 일이야?"

"망할 놈의 세상."

그가 비참하게 말했다.

"난 완전히 망했어, 필. 나 완전히 지쳐 버렸어."

"응?"

"지쳐 버렸다고."

그의 목소리가 떨리고 있었다.

딘은 푸른 눈으로 살펴보며 그를 더욱 찬찬히 바라보았다.

"너 확실히 엉망이구나."

"그래. 내가 모든 것을 엉망으로 만들어 버렸어."

그가 잠깐 말을 멈추었다.

"처음부터 이야기하는 게 좋겠어. 혹시 지루할 것 같니?"

"전혀 아니야, 계속해."

하지만 딘의 목소리엔 망설이는 어소가 묻어 있었다. 이 동부 여행은 휴가로 계획된 것이었다. 곤란한 상황에 처한 고든 스터렛을 만나자 조금 화가 났던 것이다.

"계속해."

그가 되풀이하고 나서 들릴 듯 말 듯한 작은 목소리로 덧붙였다.

"어서 해치워 버려."

"그래."

고든이 주춤거리며 입을 열기 시작했다.

"2월에 프랑스에서 돌아와서 한 달 동안 해리스버그에 있는 집에서 지냈지. 그런 다음 뉴욕에 일자리를 구하러 왔고. 하나 구하긴 했어. 수출 회사. 그런데 어제 해고됐지."

"해고됐다고?"

"이제 그 이야기를 할게, 필. 솔직하게 털어놓고 싶어. 넌 이런 문제가 일어났을 때 내가 찾아갈 수 있는 유일한 사람이니까. 있는 그대로 솔직하게 말해도 괜찮겠지, 필?”

딘은 조금 굳어 버렸다. 무릎을 치던 손의 움직임이 시들해졌다. 그는 막연하게나마 부당하게 책임을 떠맡았다는 생각이 들었다. 심지어 그 이야기를 듣고 싶은지조차 확신할 수 없었다. 고든 스터렛이 조금 어려운 상황에 처한 모습을 보아 놀란 것은 아니지만, 현재의 불행에는 비록 호기심은 자극할지 몰라도 그에게 저항감을 불러일으키고 냉담하게 만드는 그 무언가가 있었던 것이다.

“계속해.”

“여자 문제야.”

“음.”

딘은 그 어떤 일이 생기더라도 자신의 여행을 망치게 놔두진 않을 거라고 생각했다. 만약 고든이 귀찮게 군다면 그를 덜 만나면 되는 것이었다.

“그녀의 이름은 주얼 허드슨이야.”

침대에서부터 비탄에 젖은 목소리가 들려왔다.

“몇 년 전까지만 해도 그녀는 ‘순수’했어, 내가 알기론. 뉴욕에서 살았어. 가난한 가족들과 함께. 그녀의 일가친척들은 이젠 다 죽었고 그녀는 늙은 이모와 둘이 살고 있어. 내가 그녀를 만났던 게 다들 프랑스에서 떼지어 돌아오기 시작했던 무렵이라는 걸 너도 알거야. 그리고 난 새로 도착한 사람들을 환영하고 그들과 함께 파티를 다녔을 뿐이었어. 그렇게 시작된 거야, 필. 단지 사람들을 만나서 기뻤고 그들도 나를 본 것을 기뻐하면서 말이야."

"더 분별력 있게 행동했어야지."

"나도 알아."

고든이 잠시 입을 다물더니 힘없이 말을 이었다.

"너도 알겠지만 난 이제 내 힘으로 살아야 해. 그리고 필, 나는 가난한 걸 견딜 수 없어. 그때 이 빌어먹을 여자가 다가온 거야. 그녀는 한동안 나와 사랑에 빠진 것 같았지만, 나는 그렇게 말려들 생각은 추호도 없었어. 그런데 항상 어디선가 그녀와 마주치게 되더라고. 수출업자들을 위해 내가 어떤 일을 했는지 너도 대충 알 거야. 물론, 난 항상 그림을 그리고 싶었어. 잡지의 삽화를 그리는 거, 돈도 꽤 벌 수 있었거든."

"왜 안 했어? 성공하고 싶으면 전념했어야지."

딘이 냉담하게 말했다.

"나도 노력했지, 조금은. 하지만 소질을 개발하지 못했어. 나는 재능이 있어, 필. 그림을 그릴 수 있다고. 하지만 어떻게 해야 할지 모르겠어. 나는 미술 학교에 가야 하는데 그럴 만한 경제적 여유가 없어. 그런데 일주일 전쯤에 위기를 맞았어. 마지막으로 1달러 정도밖에 안 남았는데 이 여자가 날 괴롭히기 시작했어. 돈을 좀 달라는 거야. 돈을 주지 않으면 나를 곤란하게 만들겠다고 하면서."

"그럴 수 있어?"

"안타깝게도 그럴 수 있었을 거야. 내가 해고된 이유거든. 그녀는 온종일 사무실로 전화를 했고, 그게 최후의 결정타였어. 그 여자는 그간의 일을 편지로 써서 우리 가족에게 보내려고 했어. 아, 그 여자 때문에 꼼짝달싹할 수가 없었어. 난 어떻게 해서든지 그 여자에게 줄 돈을 마련해야 해."

어색한 침묵이 흘렀다. 고든은 옆에 둔 손을 꽉 움켜쥐고서 움직이지 않고 누워 있었다.

"난 완전히 지쳐 버렸어."

그는 떨리는 목소리로 말을 이었다.

"나는 반쯤 미쳐 버렸어, 필. 네가 동부로 온다는 걸 몰랐더라면 아마 난 자살했을지도 몰라. 300달러만 빌려 주면 좋겠어."

맨살이 드러난 발목을 치고 있던 딘의 두 손이 갑자기 조용해졌다. 그리고 둘 사이를 오가던 묘한 반신반의의 감정이 팽팽해지면서 긴장감이 고조되었다.

잠시 후 고든이 말을 이었다.

"하도 가족들 피를 빨아먹어서 부끄러워서라도 이젠 동전 한 닢 부탁하기도 부끄러워."

여전히 딘은 아무런 대답도 하지 않았다.

"주얼은 200달러를 받아야겠다고 말했어."

"다른 곳을 알아보라고 해."

"그래, 말은 쉽지. 하지만 그녀는 내가 술에 취해 써 준 편지 두 통을 가지고 있어. 불행히도 그녀는 네가 짐작하는 그런 연약한 부류가 아니야."

딘은 싫은 내색을 보였다.

"나는 그런 여자는 못 참아. 멀리했어야지."

"나도 알아."

고든이 지친 듯 시인했다.

"있는 그대로 현실을 직시해야 해. 돈이 없으면 일을 해야 하고 여자와도 거리를 두어야 해."

"넌 쉽게 말할 수 있겠지."

고든이 눈을 가늘게 뜨며 말하기 시작했다.

"넌 이 세상 돈을 모두 가졌으니까."

"조금도 그렇지 않아. 내 가족은 내가 어디에다 돈을 쓰는지 감시하고 있어. 조금 여유가 있다는 사실 때문에 돈을 낭비하지 않도록 더 신경 써야 한다고."

그는 차양을 걷어 햇빛이 더 들어오도록 했다.

"맹세코 나는 까다로운 사람이 아니야."

그가 유유히 말을 이었다.

"나는 즐거움이 좋아. 그리고 이런 휴가에서는 마음껏 즐기고 싶어. 하지만 넌, 넌 꼴이 말이 아니구나. 예전에는 네가 이렇게 말하는 걸 본 적이 없어. 너 완전 파산한 것 같구나. 재정적으로나 도덕적으로나."

"그 두 가지는 대개 함께 가는 거 아닌가?"

딘은 조급하게 머리를 흔들었다.

"내가 이해할 수 없는 어떤 기운이 네게서 느껴져. 일종의 악의 기운 같은 거 말이야."

"걱정과 가난과 불면의 밤들이 자아내는 기운이지."

고든이 다소 도전적으로 말을 했다.

"나도 모르겠어."

"아, 솔직히 내가 좀 우울해. 나 스스로를 그렇게 만들고 있지. 하지만, 정말이지 필, 일주일만 쉬고 새 양복으로 갈아입고 수중에 약간의 돈만 있으면, 난 예전처럼 될 수 있을 거야. 필, 나는 번개처럼 그릴 수 있어, 그리고 나도 그걸 알아. 하지만 대개는 쓸 만한 그림 재료를 살 돈이 없어. 그리고 피곤하고 의욕이 없고 지쳐 있을 때 그림을 그릴 수 없어. 돈이 조금만 있어도 몇 주간 쉬고 다시 시작할 수 있어."

"네가 다른 여자한테 그 돈을 쓰지 않을 거란 걸 내가 어떻게 알지?"

"왜 아픈 데를 찌르고 그래?"

고든이 은밀히 말했다.

"아픈 곳을 찌르는 게 아니야. 널 이런 식으로 보고 싶지 않아서 그런 거야."

"나에게 돈을 빌려 줄 거야, 필?"

"지금 바로 결정할 순 없어. 큰돈이고 나도 형편이 좋진 않아."

"네가 빌려 주지 않는다면 나는 지옥에 떨어지는 것과 마찬가지일 거야. 내가 지금 보채고 있다는 거 나도 알아, 그리고 내 잘못이라는 것도. 하지만 그걸 안다고 바뀌는 건 없어."

"언제 갚을 건데?"

고무적인 말이었다. 고든은 곰곰이 생각해 보았다. 솔직하게 말하는 게 현명한 행동일 것 같았다.

"물론, 다음 달에 갚겠다고 약속할 수 있어. 하지만 세 달 후에 갚겠다고 말하는 편이 나을 것 같아. 내가 그림을 팔기 시작하면 최대한 빨리."

"네 그림이 팔릴지 내가 어떻게 알아?"

또다시 경직된 딘의 목소리에서 고든에 대한 희미하고 싸늘한 의심이 나타났다. 돈을 빌리지 못하는 게 아닐까?

"나를 조금이라도 믿어 줄 거라고 생각했는데."

"예전엔 그랬지. 하지만 이런 식으로 너를 보니, 나

도 의문이 들기 시작한다."

"넌 이렇게 찾아올 수밖에 없었던 내 절박한 상황을 모르겠니? 넌 내가 좋아서 이러고 있는 줄 아니?"

그는 말을 멈추고 입술을 깨물었다. 목소리에서 치솟아 오르는 분노를 가라앉히는 게 좋을 거라고 생각하면서. 어찌되었건 간청하는 쪽은 그였으니 말이다.

"넌 참 쉽게도 일을 해결하는구나."

딘이 화가 나서 했다.

"네게 돈을 빌려 주지 않으면 내가 나쁜 놈이 되도록 만들고 있잖아. 오, 그래, 넌 그러고 있어. 그리고 300달러를 구하는 게 나로서도 쉬운 일이 아니란 걸 말해야겠군. 그 정도 돈으로 타격을 입지 않을 만큼 내 수입도 그리 많지 않단 말이야."

그는 의자에서 일어나 신중히 옷을 골라 입기 시작했다. 고든은 팔을 쭉 펴고 침대 가장자리를 꽉 잡으며, 소리 지르고 싶은 마음을 겨우 억눌렀다. 그의 머리는 터질 듯 아프고 윙윙거렸고, 입은 바짝 말라 쓴 맛이 돌고, 핏속의 열이 분해되어 지붕에서 천천히 떨어지는 물방울처럼 무수히 정기적으로 고동치는 것 같았다.

딘은 타이를 반듯하게 매만지고 눈썹을 손질하고 난 후, 이에 낀 담배 조각을 진중히 제거했다. 그다음 그는 담배 케이스를 채우고 빈 상자는 쓰레기통으로 신중하게 던져 넣고 케이스를 조끼 주머니에 안착시켰다.

"아침 먹었어?"

그가 물었다.

"아니, 이젠 아침 안 먹어."

"그럼, 우리 나가서 뭐 좀 먹자. 돈 문제는 나중에 결정하고. 그 얘기는 정말 지긋지긋하다. 나는 즐거운 시간을 보내려고 동부에 온 거야."

"예일 클럽에 가자."

그가 우울하게 말을 이었다. 그러고는 암묵적인 비난을 덧붙였다.

"직장도 그만두었다며. 다른 할 일도 없을 거 아냐."

"돈이 조금만 있었더라도 할 일이야 많지."

고든이 일침을 가했다.

"오, 제발 그 이야기는 잠시나마 하지 마! 내 여행에 우울한 일을 만들고 싶지 않아. 자, 돈 좀 줄게."

그는 지갑에서 5달러 지폐를 꺼내고는 고든에게 던

졌다. 고든은 조심스레 그걸 접어 주머니에 넣었다. 그의 빰에 홍조가 짙어졌다. 열 때문이 아니었다. 밖으로 나가려고 돌아서기 전에 잠시 둘의 눈이 마주쳤고, 둘은 무언가를 느끼고 시선을 재빨리 떨어뜨렸다. 그 순간 그들은 갑자기 그리고 확실히 서로를 증오하게 되었다.

2

5번가와 44번가는 한낮의 인파로 가득했다. 풍부하고 기분 좋은 햇빛이 잠깐잠깐 금빛으로 번쩍이며 세련된 가게들의 두꺼운 유리창 너머로 망사 가방과 지갑, 회색 벨벳 상자에 든 진주 목걸이를 비추었다. 또한 다채색의 요란한 깃털 부채와 값비싼 드레스의 레이스와 비단, 실내 장식업자들이 공들여 꾸민 쇼룸 속의 멋진 고가구를 비추었다.

이런 창가엔 직장 여성들이 둘씩 혹은 여럿이 혹은 무리지어 서성거리며 호화로운 장식을 보며 미래의 자신의 방을 채울 물건을 골랐다. 심지어 진짜 집처럼 연출된 침대에 걸쳐진 남자의 비단 잠옷까지도 그 대상이었다. 그들은 보석 가게 앞에 서서 약혼반지와 결혼반지 그리고 백금 손목시계를 고른 다음, 깃털 부채와 오페라 망토를 살펴보러 이동했다. 그러면서 점심때 먹은 샌드위치와 아이스크림을 소화했다.

군중 사이로 군복을 입은 남자들이 눈에 띄었다. 허드슨 강에 정박한 대함대에서 내린 해군들이었다. 매사추세츠에서 캘리포니아까지 여러 사단 배지를 단 군인들은 몹시 주목을 받고 싶어 했으나, 그들이 배낭과 소총의 무게에 눌려 불편한 채로 깔끔한 대형으로 멋지게 모여 있지 않는 한, 이 대도시는 군인들에게 아주 신물이 난다는 걸 알았다.

딘과 고든은 이런 혼잡 속을 지나 걸어갔다. 딘은 천박하고 겉만 번지르르하게 나타난 인간성에 흥미를 보였고, 고든은 자신이 얼마나 자주 그 무리의 일부가 되어 피곤하고 별생각 없이 먹고 과로하고 방탕했는지 되돌아보았다. 딘에게는 저런 고군분투는 중요하고 젊고 기분 좋은 것인 반면, 고든에게는 우울하고 무의미하고 끝없는 것이었다.

예일 클럽에서 둘은 예전 동창생 무리를 만났는데, 그들은 딘의 방문을 요란하게 반겼다. 그들은 안락의 자의 반원과 커다란 의자에 앉아 하이볼을 한잔씩 들었다.

고든은 대화가 지루하고 길다고 생각했다. 그들은 다 같이 떼를 지어 점심을 먹었고 오후로 넘어가면서 술기운으로 몸이 달아올랐다. 그날 밤 그들 모두는 감마 프사이 댄스파티에 가기로 되어 있었다. 전쟁 이후로 최고의 파티가 되는 건 따 놓은 당상이었다.

"이디스 브래딘도 올 거야."

누군가가 고든에게 말했다.

"그 사람 예전에 네 애인 아니었어? 둘 다 해리스버 그에서 오지 않았나?"

"맞아."

고든은 화제를 바꾸려고 했다.

"가끔 그 애 오빠를 만나. 열렬한 사회주의 지지자던 데. 뉴욕에서 신문사나 뭐 비슷한 걸 운영하나 봐."

"잘나가는 자기 여동생과는 다른가 봐?"

열성적인 정보 제공자가 말을 이었다.

"글쎄, 그녀도 오늘 밤에 올 거야. 피터 히멜이라는 3학년생이랑 같이."

고든은 8시에 주얼 허드슨을 만나기로 되어 있었다. 그녀에게 돈을 좀 마련해 주기로 약속했다. 몇 번이나 그는 초조하게 손목시계를 들여다보았다. 4시가 되자 다행이도 딘이 자리에서 일어나, 셔츠 깃과 타이를 사러 리버스 브라더스에 가야 한다고 말했다. 하지만 클럽을 나가던 중 또 다른 무리와 합류하는 바람에 고든은 크게 낙담했다.

딘은 저녁 파티에 대한 기대로 이젠 쾌활하고 만족스러워졌고 약간 들떴다. 리버스 브라더스에서 그는 넥타이를 10여 개 골랐는데 하나씩 고를 때마다 다른 사람과 오래 의논했다. 폭이 좁은 타이가 다시 유행할까? 리버스 브라더스에 웰시 마고트선 셔츠 깃을 이 정도밖에 갖다 놓지 않았다는 건 부끄러운 일 아닐까? '커빙턴'을 따라올 셔츠 깃은 없지.

고든은 공황 상태에 빠졌다. 그는 지금 당장 돈이 필요했다. 그리고 감마 프사이 댄스에 참여해야겠다는 막연한 생각까지 들었다. 그는 이디스를 보고 싶었다. 고든이 프랑스에 가기 직전에 해리스버그 컨트리클럽에서 낭만적인 하룻밤을 보낸 이후로 이디스를 보지 못했다. 그 연애는 끝났고 전쟁의 혼란 속에서 익사했고 기이했던 지난 세 달 동안 사실상 잊혔다. 하지만 가슴을 에는 듯이 아름답고 대수롭지 않은 수다에 몰두하던 그녀의 모습이 예상치 못하게 그의 마음속에 되살아나는 동시에 수많은 추억들이 떠올랐다. 대학 시절, 다소 초연하면서도 애정 어린 찬사를 하며 그가 가슴에 품고 있던 것은 이디스의 얼굴이었다. 그녀를 그리는 것을 몹시 좋아했다. 그의 방 여기저기에 골프를 치거나 수영을 하는 이디스의 모습을 그린 스케치가 십여 점 걸려 있었다. 사람들의 눈길을 끄는 그녀의 도도한 옆모습은 눈을 감고도 그릴 수 있었다.

그들은 5시 30분에 리버스 브라더스에서 나와 보도에 잠시 멈추어 섰다.

"자, 난 준비 다 됐어. 이제 호텔로 돌아가서 면도하고 머리를 자르고 마사지를 받을 거야."

딘이 다정하게 말했다.

"그거 괜찮겠는걸, 나도 같이하자."

다른 남자가 말했다.

고든은 결국엔 지쳐 버리게 되는 게 아닐까 생각했
다. 그는 그 남자에게 돌아서서 '꺼져, 이 빌어먹을 녀
석!'이라고 소리 지르고 싶은 걸 겨우 참았다. 절망적인
심정에 사로잡히자, 고든은 어쩌면 딘이 돈 문제로 말다
툼하기 싫어서 그 남자에게 그 일을 이야기하고서 일부
러 데리고 다니는 게 아닐까 하는 생각마저 들었다.

세 사람은 빌트모어 호텔로 들어갔다. 빌트모어는
아가씨들도 북적거렸는데, 대부분 서부나 남부 출신이
었고, 명문 대학의 유명한 사교클럽의 댄스파티에 참
가하기 위해 여러 도시에서 몰려든 화려한 사교계 새
내기들이었다. 하지만 고든에게는 그들의 얼굴이 꿈결
같았다. 마지막 간청을 하기 위해 힘을 한데 모으고 무
얼 말하려는지도 모르는 채 입을 여는 순간, 딘이 갑자
기 다른 남자에게 양해를 구하고는 고든의 팔을 당겨
옆으로 데려갔다.

"고디, 그 문제를 신중하게 검토해 봤는데, 네게 돈
을 빌려 줄 수 없다는 결론이 났어. 도움이 되고 싶긴

하지만 그래선 안 될 것 같아. 그렇게 되면 한 달 동안 곤란할 테니까 말이야."

고든은 그를 멍하게 보면서 저 윗니들이 저만큼이나 돌출해 있다는 걸 왜 전에는 알아채지 못했을까 의아해졌다.

"정말 미안해, 고든. 하지만 그렇게 됐어."

계속해서 딘이 말했다.

그는 지갑을 꺼내더니 75달러어치 지폐를 꼼꼼히 세었다.

"자, 여기 75달러야. 다 합치면 80달러야. 내가 여행에서 실제로 써야 할 돈을 제외하면 그게 내가 가진 현금의 전부야."

고든은 불끈 쥔 주먹을 무의식적으로 들고는 그것이 집게라도 되는 양 벌린 다음 돈을 받고 다시 꽉 오므려 쥐었다.

"댄스파티에서 보자. 난 이발소에 가야 해."

딘이 말했다.

"잘 가."

고든이 겨우 짜낸 쉰 목소리로 말했다.

"잘 가라."

딘은 미소를 지으려다 마음을 바꾼 것 같았다. 그는 세차게 고개를 끄덕이고는 사라졌다.

하지만 고든은 잘생긴 얼굴을 비탄으로 일그러뜨린 채 손에 든 돈 뭉치를 세게 꽉 쥐고 그 자리에 멈춰 서 있었다. 이내 갑작스러운 눈물이 앞을 가리는 바람에 그는 비틀거리며 어색한 걸음으로 빌트모어 호텔의 계단을 내려갔다.

3

같은 날 밤 9시쯤 6번가의 싸구려 식당에서 두 젊은 이가 나왔다. 그들은 못생긴 데다 영양 상태가 나빴으며, 매우 낮은 수준의 지성을 갖춘 것 빼고는 가진 게 없었다. 그리고 심지어 그 자체만으로 삶에 생기를 주는 동물적인 활력조차 지니고 있지 않았다. 두 사람은 최근까지 낯선 땅의 지저분한 마을에서 해충에 시달렸고 춥고 배고팠다. 그들에겐 돈도 친구도 없었다. 태어날 때부터 부목처럼 내던져졌고 죽은 다음에도 부목처럼 내던져질 것이다. 그들은 미육군 군복 차림이었고 양어깨에는 3일 전에 상륙한 뉴저지의 징집 사단의 배지가 달려 있었다.

둘 중 키가 더 큰 남자의 이름은 캐럴 키였는데, 그 이름은 아무리 세대를 타고 변질이 되어 묽어졌을지라도 그의 혈관에 잠재력이라는 피가 흐르고 있음을 암시해 주었다. 하지만 그 길고 턱이 가느다란 얼굴과 멍하고 힘없는 눈과 높이 솟은 광대뼈를 한없이 바라보아도, 대대로 전해져 온 가치와 타고난 지략 따위는 그림자도 찾아볼 수 없었다.

그의 동료는 거무스레한 피부에 안짱다리였고 쥐 같은 눈에 매부리코는 상처투성이였다. 그의 반항적인 태도는 명백한 허세였고 그것은 그가 항상 살아왔던 으르렁거리며 물어뜯고 신체적 허세와 위협으로 가득한 세상에서 모방한 호신용 무기임이 틀림없었다. 그의 이름은 거스 로즈였다.

식당에서 나온 두 사람은 6번가를 어슬렁거리며 대단한 만족감과 완전한 무심함을 느끼며 이쑤시개를 휘

둘렀다.

"어디로 가?"

로즈가 물었다. 키가 남태평양 제도로 가자고 하더라도 전혀 놀라지 않겠다는 말투였다.

"술을 좀 구할 수 있는지 알아볼까?"

아직 금주법이 시행되지 않았던 시절이었다. 그 제안이 자극적이었던 건 군인에게 술을 파는 것이 법으로 금지되었기 때문이었다.

그 제안에 로즈가 열광적으로 찬성했다.

"좋은 생각이 있어."

잠시 생각한 후에 키가 말을 이었다.

"이 근처에 우리 형이 있거든."

"뉴욕에?"

"그래. 늙은이지."

그 말은 형이라는 뜻이었다.

"싸구려 식당에서 웨이터 일을 하고 있어."

"그렇다면 술을 구해 줄 수 있겠군."

"물론이지!"

"나만 믿어. 내일은 이 망할 군복을 벗어 버릴 거야.

다신 안 입을 거야. 평범한 옷을 입어야겠어."

"아마 난 안 그럴 거야."

둘이 합쳐 봤자 수중에 5달러도 채 되지 않았으므로, 이런 말은 대개 악의 없고 위로가 되는 유쾌한 말장난 쯤으로 여겨졌다. 하지만 이것으로 둘 다 기분이 좋아진 것 같았다. 둘은 낄낄대며 성경에 나오는 유명한 인물들을 언급하고 '아, 이런!', '너도 알잖아!', '그렇대도!' 같은 말들을 강조하여 덧붙이길 몇 번이고 되풀이했다.

이 두 남자의 정신적 양식을 합쳐 봐야 그들을 살아 있게 해 주었던 군대, 가게, 구빈원 같은 시설에서 지낸 세월 동안 늘어난 콧소리 섞인 성난 말들뿐이었다. 그리고 그런 말들은 주로 그런 시설에서의 직속상관을 향한 것이었다. 바로 그날 아침까지만 해도 그 시설은 '정부'였고 직속상사는 '대위'였다. 그들은 이 둘로부터 빠져나왔고, 다음번의 예속 상태를 정하지 않은 지금은 막연하게 불안한 상태였다. 그들은 변덕스러웠고 화를 잘 냈으며 다소 침착하지 못했다. 그들은 그런 심경을 숨기기 위해 군대에서 나와서 안심인 체했고, 군율이 다시는 자유를 사랑하는 그들의 굳센 의지를 지배하지 못할 거라고 서로 확인해 주었다. 그러나 실제로 둘은 새로 찾은 이 의심할 바 없는 자유보다 감옥에 있을 때가 마음이 편했다.

갑자기 키가 발걸음을 빨리했다. 고개를 들고 키의 시선을 좇고 있던 로즈는 거리에서 45미터쯤 떨어진 곳에 몰려든 군중을 볼 수 있었다. 키가 낄낄 웃더니 군중이 모인 곳을 향해 달려가기 시작했다. 그래서 로즈도 낄낄 웃으며 짧은 안짱다리로 경쾌하게 걸어 어색하게 큰 보폭으로 걷고 있는 친구의 긴 다리 옆에서 보조를 맞추었다.

군중의 가장자리로 다가가자, 둘은 그 즉시 그 무리에 묻혀 분간이 되지 않았다. 군중은 누더기 차림에다 술 때문에 몰골이 더 말이 아닌 시민들과, 여러 사단을 대표하고 술에 취한 정도도 각양각색인 군인들로 이루어져 있었다. 그들은 모두 검은 구레나룻을 길게 기르고 무언가 몸짓을 하고 있는 작은 유대인을 둘러싸고 있었다. 그 사람은 양팔을 흔들며 흥분하고 있으면서도 간결하게 열변을 토하고 있었다. 키와 로즈는 관중

석이라고 할 만한 곳에 끼어들어 듣고 있었는데, 유대인의 말들이 두 사람의 평범한 의식을 파고들자, 날카로운 의심의 눈초리로 그를 유심히 바라보았다.

"전쟁으로 얻은 게 뭡니까?"

그는 맹렬히 외쳤다.

"주위를 둘러보십시오, 주위를! 당신은 부자입니까? 큰돈을 얻었습니까? 아닙니다. 당신이 살아 있고 두 다리가 붙어 있다면 운이 좋은 것입니다. 돌아와서 아내가 돈을 써서 전쟁에 빠진 다른 놈팡이와 사라지지 않았다면 운이 좋은 겁니다! 그것도 당신이 운이 좋을 때 이야기입니다! J. P. 모건과 존 D. 록펠러를 제외하고 누가 전쟁에서 이득을 보았습니까?"

그 순간 작은 유대인의 연설은 수염 난 턱에 가격한 적대적인 주먹 한 대로 인해 중단되었다. 그는 뒤로 푹 쓰러져 포장도로 위에 대자로 뻗었다.

"빌어먹을 볼셰비키!"

주먹을 날린 덩치 큰 대장장이 병사가 소리쳤다. 찬동하는 소리가 수군수군 들렸고 군중은 더 가까이 다가왔다.

유대인은 비틀거리며 일어섰다가 곧 다시 쓰러졌고, 대여섯 개의 주먹이 날아왔다. 이번에 그는 누운 채로 숨을 헐떡였고, 안팎으로 찢어진 입술에서 피가 흘러나왔다.

소란스러운 말소리가 들리더니 잠시 후 로즈와 키는 테를 두른 모자를 쓴 야윈 시민과 간략하게 연설을 마친 늠름한 군인의 인솔 아래, 군중에 뒤섞여 6번가를 따라 떠내려가고 있는 걸 알아챘다. 군중은 놀랍게도 굉장한 규모로 불어나고 있었고, 입장을 밝히지 않은 더 많은 시민들이 이따금 만세를 외쳐 정신적 지지를 보내며 보도를 따라 쫓아왔다.

"우리 어디로 가는 거요?"

키가 가까이에 있는 남자에게 소리쳤다. 옆 사람은 테를 두른 모자를 쓴 인솔자를 가리켰다.

"저 남자가 그놈들이 어디 있는지 압니다! 가서 본때를 똑똑히 보여 줄 겁니다."

"그놈들에게 본때를 똑똑히 보여 줍시다!"

키가 로즈에게 기뻐하며 속삭였고, 로즈도 미칠 듯이 기뻐하며 또 다른 사람에게 그 말을 되풀이했다.

행렬이 6번가를 휩쓸고 지나가며 군인과 해군들도 여기저기서 합류했다. 때때로 민간인도 다가와 새로 생긴 스포츠와 오락 클럽에 입장권을 제시하듯 하나같이 자신들도 군에서 막 제대했다며 외쳤다.

그러다 행렬이 교차로를 벗어나며 5번가로 머리를 돌렸고, 그들이 톨리버 회관에서 열리는 빨갱이 집회로 갈 거라는 말이 여기저기서 새어 나왔다.

"그게 어딥니까?"

그 질문이 전선으로 나아갔고, 잠시 후 대답이 다시 전해져 왔다. 톨리버 회관은 10번가에 있었다. 다른 군인들 한 무리도 그 집회를 깨부수러 이미 그곳에 가 있다고 했다!

그러나 10번가는 멀리 있는 느낌이 들었고, 그 소식으로 투덜거리는 소리가 들리더니 행렬의 상당수가 떨어져 나갔다. 그들 중에는 로즈와 키도 있었고, 둘은 더 열성적인 사람들이 휙 지나갈 수 있도록 어슬렁거리며 속도를 늦추었다.

"차라리 술이나 마시고 싶다."

키가 말했다. 그때 둘은 "포탄 구멍!" 혹은 "비겁

자!"라고 외치는 소리를 들으며 잠시 멈춰 섰다 보도를 향해 갔다.

"네 형이 이 근처에서 일한다고?"

로즈가 피상적인 것을 떠나 영원으로 향해 가는 듯한 분위기를 띠며 물었다.

"그럴 거야."

키가 대답했다.

"두 해 동안 형을 못 봤어. 그때부터 펜실베이니아에 있었거든. 어쩌면 밤에는 일을 안 할지도 몰라. 바로 이 근처인데. 퇴근 안 했으면 우리한테 술을 좀 줄 텐데."

둘은 몇 분 동안 거리를 순찰한 끝에 그 장소를 찾아냈다. 5번가와 브로드웨이 사이에 있는 싸구려 식탁보를 덮은 식당이었다. 키는 안으로 들어가 형 조지가 있는지 물어보았고 그동안 로즈는 보도에서 기다렸다.

"형이 이제 여기서 일을 안 한대."

키가 나오면서 말했다.

"델모니코에서 웨이터 일을 한대."

로즈는 마치 예상했다는 듯 빈틈없이 고개를 끄덕였다. 정기적으로 직업을 바꾸는 유능한 사람을 보고 놀라서는 안 된다. 예전에 웨이터 한 명을 알았는데…….
그들은 기다리는 동안 웨이터가 팁에서보다 실제 봉급
으로 더 큰 수입을 올리는지 여부에 관한 긴 대화를 나
누었고, 결국 웨이터가 일하는 술집의 사회석 분위기
에 따라 다르다는 결론에 도달했다. 백만장자들이 델
모니코에서 식사를 하고 샴페인 첫 한 병을 마신 후 50
달러짜리 지폐를 던지는 생생한 광경에 대해 이야기하
고 나자 둘은 각자 웨이터가 되어야겠다고 생각했다.
실제로 키의 좁은 이마는 형에게 일자리를 부탁해 봐
야겠다는 결심을 감추고 있었다.

"웨이터는 사람들이 남긴 샴페인을 다 마실 수도 있
다고."

로즈가 흐뭇하게 말한 다음 뒤늦게 생각난 듯이 덧붙
였다.

"그거 괜찮겠는걸!"

델모니코에 도착한 시간은 10시 30분이었다. 둘은
호텔 입구에 택시가 줄지어 서서 모자를 쓰지 않은 아
리따운 아가씨들을 쏟아내고 아가씨들이 각자 야회복
차림의 말쑥한 젊은 청년들의 호위를 받는 모습을 보

고는 놀랐다.

"파티야."

로즈가 약간 두려운 듯 말했다.

"아무래도 들어가지 않는 편이 낫겠어. 형은 바쁠 거야."

"아니야, 그렇지 않을 거야. 괜찮을 거야."

잠시 망설인 끝에 둘은 그나마 제일 수수해 보이는 문으로 들어가 머뭇거리며 작은 식당 방의 눈에 띄지 않는 구석에 초조하게 서 있었다. 둘은 모자를 벗어 두 손으로 들고 있었다. 우울한 먹구름이 둘에게 내려앉은 듯했다. 방 끝에 있는 문이 요란한 소리를 내며 열리자 둘은 흠칫 놀랐다. 열린 문으로 혜성같이 빠른 웨이터가 나타나 번개처럼 마루를 가로지르더니 다른 편에 있는 문으로 사라져 버렸다.

이렇게 번개처럼 지나가는 웨이터 세 명을 보고 난 후에야 둘은 날카로운 통찰력을 모아 웨이터를 큰 소리로 불렀다. 그는 돌아서서 둘을 의심스러운 눈초리로 보더니, 여차하면 돌아서서 달아날 각오라도 했는지 부드럽고 고양이 같은 발걸음으로 다가왔다.

"저기요. 저기 혹시 제 형을 아십니까? 형도 여기서 웨이터를 하고 있거든요."

키가 말을 꺼냈다.

"이름이 키예요."

로즈가 주석을 달았다.

그랬다. 그 웨이터가 키를 알고 있었다. 지금 위층에 있을 거라고 말했다. 가장 큰 무도회장에서 큰 댄스파티가 열리고 있었다. 웨이터가 형에게 말을 전해 주기로 했다.

10분이 지나자 조지 키가 나타나 극도의 의심을 품은 표정으로 동생을 맞이했다. 맨 처음 가장 자연스럽게 든 생각은 동생이 돈을 요구할 거라는 것이었다.

조지는 키가 크고 턱이 가느다란데 동생과 닮은 점은 그걸로 끝이었다. 이 웨이터의 눈은 멍하지 않고 빈틈없고 반짝거렸으며, 세련되고 온화한 태도에 약간 거만하기까지 했다. 둘은 형식적으로 안부를 물었다. 조지는 결혼을 해서 아이가 셋이었다. 그는 캐럴이 해외 파병을 다녀왔다는 소식에 흥미로워하는 듯했으나 감동받지는 않은 모양이었다. 이 점에서 캐럴은 조금

실망했다.

"조지 형."

예의를 갖추어 동생이 말했다.

"독한 술을 좀 마시고 싶은데 우리한테는 팔지 않을 거야. 좀 갖다 줄 수 있어?"

조지가 곰곰이 생각했다.

"물론이지. 갖다 줄 수 있어. 하지만 30분은 걸릴 거다."

"좋아. 기다리고 있을게."

캐럴이 반겼다.

이 말에 로즈가 안락의자에 앉으려고 했지만 조지가 화가 나 외치는 바람에 급하게 일어나야 했다.

"거기! 조심해, 당신! 여긴 앉지 마! 이 방은 12시 연회에 맞게 준비됐단 말이야."

"더럽지는 않을 겁니다. 이도 다 잡았단 말입니다."

로즈가 화가 치밀어 말했다.

"상관없어. 수석 웨이터가 여기 와서 내가 말하고 있는 걸 봤다면 날 작살냈을 거야."

조지가 엄하게 말했다.

"오."

둘에게는 수석 웨이터라는 말로 충분한 설명이 되었다. 둘은 챙 없는 털모자를 손끝으로 초조하게 만지작거렸다.

"저기 있잖아."

잠시 입을 다물고 있던 조지가 말을 꺼냈다.

"둘이 기다릴 수 있는 장소가 있어. 날 따라오면 돼."

둘은 조지를 따라 멀리 떨어진 문으로 나갔고, 아무도 없는 식품 저장실을 지나 어두운 나선 계단을 오르고 나서야 마침내 작은 방으로 들어갔다. 그 방에는 주로 양동이와 청소용 솔이 잔뜩 쌓여 있었고 희미한 전등불 하나에 의지하고 있었다. 조지는 2달러를 달라고 하고는 30분 후에 위스키 한 병을 들고 돌아오기로 하고 둘을 남겨 두고 나갔다.

"조지 형은 돈을 잘 벌고 있는 게 분명해."

키가 뒤집힌 양동이에 앉으며 우울하게 말했다.

"일주일에 50달러는 버는 게 틀림없어."

로즈가 고개를 끄덕이더니 침을 뱉었다.

"내 생각에도 그래."

"형이 무슨 댄스파티라고 했지?"

"대학생들이 많이 온대. 예일 대학교."

둘은 서로 마주 보며 엄숙하게 고개를 끄덕였다.

"북적이던 군인들은 이제 어디로 갔을까?"

"나도 모르지. 내가 걷기에는 빌어먹을 만큼 멀리 갔을 거란 건 알아."

"내 생각에도 그래. 그렇게 멀어 가지고선 네가 날 따라올 수 없었을 거야."

10분 후 둘은 안절부절못하게 되었다.

"밖에 뭐가 있는지 봐야겠어."

로즈가 다른 문 쪽으로 조심스레 발걸음을 디디며 말했다. 녹색 베이즈 천으로 감싼 문이 있었는데 로즈가 그것을 조심스레 밀어 조금 열었다.

"뭐가 보여?"

로즈는 대답 대신 숨을 급히 들이마셨다.

"이런! 여기 술이 있어!"

"술이라고?"

키도 로즈가 있는 문으로 가서 열성적으로 내다보았다.

"단언하건대 저건 술이야."

키가 잠시 주의 깊게 바라본 후에 말했다.

그 방은 지금 두 사람이 있는 곳보다 두 배나 컸고, 그 안은 빛나는 증류주의 향연이 준비되어 있었다. 흰색 천으로 덮인 두 개의 테이블을 따라 병들이 번갈아가며 긴 벽을 이루고 있었다. 위스키, 진, 브랜디, 프랑스산과 이탈리아산 베르무트와 오렌지 주스, 배열된 소다수 병들과 두 개의 거대한 펀치 그릇은 말할 것도 없었다. 방에는 아직 사람이 오지 않았다.

"곧 시작하는 댄스파티를 위해 준비해 놓은 거야."

키가 속삭였다.

"바이올린 소리가 들려? 아, 이런, 춤추는 것도 마다치 않을래."

둘은 살며시 문으로 다가갔고 서로 이해한다는 눈빛을 주고받았다. 서로의 의향을 떠볼 필요도 없었다.

"두어 병 가지고 오고 싶다."

"나도 마찬가지야."

"우리가 들킬까?"

키가 곰곰이 생각해 보았다.

"아마도 사람들이 술을 마시기 시작할 때까지 기다리는 게 좋겠어. 이제 차려 놓은 거라서 몇 병이 있었는지 알거야."

둘은 몇 분 동안이나 이 문제로 격론을 벌였다. 로즈는 누가 방에 들어오기 전에 병을 가지고 와서 외투 속에 챙겨 놓고 싶어 했다. 하지만 키는 신중할 것을 주장했다. 그는 자기 형이 곤란하게 될까 염려했던 것이다. 병을 몇 개 딸 때까지 기다린다면 하나 정도는 가져와도 괜찮을 테고, 다들 대학 친구 중 한 명이 그런 거라고 생각할 것이다.

둘이 여전히 입씨름을 하는 사이 조지 키가 방으로 허둥지둥 들어와 둘에게 투덜거릴 새도 없이 녹색 베이즈 문으로 사라졌다. 잠시 후 그들은 코르크 뚜껑 여러 개가 튀어 오르는 소리를, 이내 얼음을 깨고 술이 튀는 소리를 들었다. 조지는 펀치를 섞고 있었다.

두 군인은 기쁨에 차 서로를 보며 씩 웃었다.

"아, 이런!"

로즈가 속삭였다.

조지가 다시 나타났다.

"조용히 있어라. 5분 후에 너희가 마실 술을 가져올 테니."

그가 재빨리 말했다.

그는 들어왔던 문으로 사라졌다.

조지의 발소리가 계단 아래로 작아지자 로즈는 조심스레 주위를 둘러보고는 기쁨의 방으로 돌진했다가 손에 병 하나를 들고 다시 나타났다.

"내 말 좀 들어봐."

그가 앉아 행복하게 첫 잔을 소화시키며 말했다.

"형이 올 때까지 기다리는 거야. 그런 다음 여기 앉아서 형이 갖다 준 걸 마셔도 되느냐고 묻는 거야, 알겠지. 그걸 마실 곳이 마땅치 않다고 말하는 거야, 알았지. 그런 다음 저쪽 방에 사람이 없을 때마다 술을 빼와서 외투에 숨기는 거야. 한 이틀 내내 마실 만큼은 생길 거야, 알겠어?"

"그렇고말고."

로즈가 열렬히 찬성했다.

"아! 그리고 마음만 먹으면 언제든지 군인에게 팔 수도 있어."

둘은 잠시 입을 다물고 앉아 이 아이디어가 꽤 유망하다고 생각했다. 곧 키는 팔을 뻗어 자신의 일직사관 외투의 깃을 떼 냈다.

"여기 덥지 않아?"

로즈도 진심으로 동의했다.

"지독하게 덥네."

4

그녀는 탈의실에서 나왔을 때 여전히 화가 나 있었으나 예의를 차려 무도회장으로 연결되는 응접실을 가로질러 갔다. 결국 그녀의 사교 생활에서 흔해 빠진 일에 지나지 않는 그 사건 때문에 화가 난 것은 아니었다. 하지만 그 사건이 각별히 오늘 밤에 일어났다는 것 때문에 화가 난 것이었다. 그녀는 스스로에게 불평을 하지는 않았다. 그녀는 평소에 잘 사용하는 방법인 기품과 억제된 연민을 적절히 섞은 태도를 취했다. 그녀는 간단하고 능숙하게 그를 무시한 것이다.

그들이 탄 택시가 빌트모어 호텔을 출발하고 있을 때 생긴 일이었다. 반 블록도 채 못 갔을 때였다. 그가 오른팔을 어색하게 들더니 (그녀는 그의 오른쪽에 앉아 있었다.) 그녀가 입고 있던 진홍색 모피로 장식한 오페라 망토를 포근히 감싸려고 했다. 이 일은 그 자체로 실수였다. 젊은 남성이 자신을 받아들여 줄지 확신할 수 없는 젊은 여성을 껴안으려 할 때는, 먼저 멀리 있는 팔을 주위에 두르는 것이 아무래도 더 정중한 행동이다. 그러면 가까이에 있는 팔을 들 때 어색한 움직임을 하는 것도 방지한다.

그의 두 번째 무례는 무의식적인 것이었다. 그녀는 오후 내내 미용실에서 시간을 보냈다. 어떤 참화가 자신의 머리에 덮쳐 올지도 모른다는 생각은 너무나 끔찍해서 떠올리고 싶지도 않은 것이었다. 그런데 피터가 그 불운한 시도를 하다가 팔꿈치로 머리를 살짝 스치고 말았다. 그것이 그의 두 번째 무례였다. 두 번이면 정말이지 충분했다.

그가 불평을 했다. 처음 불평을 듣는 순간 그녀는 그가 대학생 애송이에 지나지 않는다는 결론을 내렸다.

이디스는 스물두 살이었고, 여하튼 전쟁 이후로 처음 열리는 이 댄스파티 때문에 연상 작용으로 다른 무언가가 점점 가속하는 흐름을 타고 그녀의 머릿속에 떠올랐다. 또 다른 댄스파티와 또 다른 남자, 그에 대한 그녀의 감정이라곤 사춘기의 멍한 상태에 불과한 슬픈 표정에 지나지 않았던 남자 말이다. 이디스 브래딘은 고든 스터렛과 함께한 추억에 빠져들었다.

그래서 그녀는 델모니코 호텔의 탈의실에서 나와 잠시 문가에 선 채, 앞에 선 검은 드레스의 어깨 너머로 품위 있는 검은 나방들처럼 계단 꼭대기 주변을 획획 지나다니는 예일대 남자들을 바라보았다. 그녀가 나온 방에서는 향수를 뿌린 아가씨들이 이리저리로 다니며 남겨 놓은 짙은 향수 냄새가 퍼져 나왔다. 선명한 향수와 곧 사라지는 기억을 실은 향기로운 분가루 냄새였다. 그 향기는 복도의 싸한 담배 연기를 품고 흘러와서 관능적으로 계단에 머물다가, 감마 프사이 댄스파티가 열리기로 된 무도회장으로 스며들었다. 그녀도 잘 알고 있는 향기였다. 흥분시키고 자극하고 들뜨게 만드는 달콤한 향기…… 사교계 댄스파티의 향기였다.

그녀는 자신의 외모를 생각해 보았다. 훤히 드러난 팔과 어깨는 크림 빛이 도는 흰색 분을 발랐다. 자신도 그게 아주 부드러워 보인다는 것을 알았고, 오늘밤 검은 배경을 등지고 우윳빛 실루엣으로 빛날 것이란 것도 알았다. 머리 손질도 성공적이었다. 불그스레한 머리카락을 높이 돋우고 뭉치고 주름을 잡아 도도하고 경이로운 움직이는 곡선을 만들었다. 그녀의 입술은 짙은 양홍색으로 곱게 칠했고 두 눈의 홍채는 도자기로 만든 듯 우아하고 부서지기 쉬운 푸른빛이었다. 복잡한 머리 모양에서부터 작고 가냘픈 두 발에 이르는 선을 보고 있노라면, 그녀는 완벽하고 우아하기 그지없는 아름다움의 완전체였다.

높고 낮은 웃음소리와 실내화 끄는 소리, 남녀가 계단을 오르내리는 소리가 들리자 이디스는 오늘 밤 이 흥청망청한 잔치에서 뭐라고 말할지를 생각하면서 이미 두근거리기 시작했다. 그녀는 수년간 해 왔던 연극 대사와도 같은 말을 할 것이다. 유행하고 있는 표현과 신문 용어 조금 그리고 대학에서 쓰는 은어를 한데 엮어, 무심하면서도 어렴풋이 도발적이며 미묘하게 감상적인 동시에 본질을 다 갖춘 그런 말을 할 것이다. 그녀의 귀에 근처 계단에 앉아 있던 소녀가 말하는 소리가 들렸다.

"잘 몰라서 하는 소리야, 자기야!"

그녀가 미소 짓자 잠시 화가 누그러졌다. 눈을 감으며 즐거운 숨을 깊이 들이마셨다. 그녀가 두 팔을 양옆으로 늘어뜨리자, 몸매를 감싸면서도 은근히 드러내는 맵시 있는 드레스가 살짝 스쳤다. 자신의 몸이 이렇게 부드러운지 안 적도, 팔이 하얀 것을 보고 기분이 좋았던 적도 일찍이 없었다.

"달콤한 향기가 나."

그녀는 솔직하게 자신에게 말했고, 곧 또 다른 생각이 났다.

"나는 사랑하기 위해 태어난 사람이야."

어감이 마음에 든 그녀는 계속해서 이 말을 되뇌었다. 그러자 자신에게 새로운 감정을 피어오르게 한 고든에 대한 꿈결 같은 생각이 피할 수 없이 뒤따라왔다. 두 달 전, 그녀의 상상력이 펼쳐져 예기치 못하게 그를 다시 보고 싶다는 욕구를 드러내더니 이제 이 댄스파티로 이끌고 있는 것 같았다.

이디스는 이토록 매끈한 미모를 가졌으면서도 진지하고 사려 깊은 아가씨였다. 그녀의 마음속에는 깊이 생각하고 싶다는 욕망과 오빠를 사회주의자이자 평화주의자로 바꾼 미숙한 이상주의의 기질이 있었다. 헨리 브래딘은 경제학 강사로 있었던 코넬 대학을 떠나 뉴욕으로 와서 급진적인 주간지의 칼럼난에 최신 불치병 치료법을 기고했다.

오빠보다 덜 어리석었던 이디스는 고든 스터렛을 치료할 수 있는 것만으로도 만족했을 것이다. 고든에게는 그녀가 돌보아 주고 싶게 만드는 약한 면이 있었다. 그녀가 보호해 주고 싶었던 것은 그의 내면에 있는 무력감이었다. 그리고 그녀는 자신이 오랫동안 알고 지낸 누군가를, 오랫동안 자신을 사랑해 온 누군가를 원했다. 그녀는 조금 지쳐 있었다. 그녀는 결혼이 하고 싶었다. 편지 더미와 10여 장의 사진, 그리고 수많은 기억들과 피로감 때문에, 그녀는 다음번에 고든을 만나면 둘의 관계를 변화시켜야겠다고 마음먹었다. 변화를 일으킬 어떤 말을 하려고 했다. 그리고 오늘 밤이 바로 그때였다. 오늘 밤은 그녀의 밤이었다. 모든 밤이 그녀의 밤이었다.

그러다 상처받은 표정으로 그녀 앞에 나타나 부자연스럽게 격식을 차리며 유달리 깊이 몸을 굽혀 인사하는 진지한 대학생 때문에 이디스의 생각은 중단되고 말았다. 그녀와 함께 온 남자, 피터 히멜이었다. 그는 키가 크고 유머 감각이 있었으며, 뿔테 안경을 꼈고 매력적인 변덕스러운 분위기를 뿜어냈다. 그녀는 갑자기 그가 무척 싫어졌다. 아마도 그녀에게 키스하는 데 성공하지 못했기 때문일 것이다.

"저, 아직 나한테 화났어요?"

그녀가 입을 열었다.

"전혀요."

이디스는 앞으로 한 걸음 내딛어 그의 팔을 잡았다.

"미안해요. 나도 왜 그렇게 날카롭게 행동했는지 모르겠어요. 오늘 밤은 저도 알 수 없는 이유로 기분이 좋지 않아요. 미안해요."

그녀가 부드럽게 말했다.

"괜찮습니다. 그런 말씀 마세요."

그가 중얼거렸다. 그는 불쾌하게 당황스러웠다. 지난 실패를 일부러 되새기고 있는 것인가?

"실수였어요."

그녀가 조금 전과 같이 의식적으로 부드러운 목소리를 내어 말을 이었다.

"둘 다 그 일을 잊을 거예요."

이 말을 듣자 그는 그녀가 싫어졌다.

잠시 후 둘은 유유히 무도회장으로 갔다. 그러는 동안 특별히 고용된 재즈 오케스트라 단원 십여 명이, 몸을 흔들고 한숨을 지으며 붐비는 무도회장에 "색소폰과 저만 남으면 둘씩 짝을 지으세요!"라고 알렸다.

콧수염을 기른 남자가 끼어들었다.

"안녕하세요. 절 기억 못 하시나 봅니다."

그가 책망하듯 말했다.

"단지 성함이 생각나지 않았던 것뿐이에요. 그리고 당신을 아주 잘 안답니다."

그녀가 대수롭지 않다는 듯 말했다.

"당신과 거기서 만났었죠……."

그의 목소리는 짙은 금발의 남자가 끼어드는 바람에

쓸쓸히 흐려졌다.

"고마워요, 나중에 다시 봐요."

이디스는 그 낯선 이에게 상투적인 말을 속삭였다.

짙은 금발의 남자는 악수하고 열성적으로 우겼다. 그녀는 자신이 알고 있는 셀 수 없이 많은 짐 중에 하나일 거라고 생각했다. 성은 알 수 없었다. 그녀는 심지어 그가 춤출 때 별난 리듬을 탄다는 것까지 기억해 냈고, 춤을 추기 시작하자 자신이 옳았음을 알았다.

"여기에 오래 머물 예정입니까?"

그가 은밀히 속삭였다. 그녀는 몸을 뒤로 젖히며 그를 보았다.

"2주 동안요."

"어디서 지내세요?"

"빌트모어 호텔이요. 언제 한번 연락하세요."

"그러겠습니다, 그러죠. 차를 마시러 갑시다."

그가 분명히 말했다.

"그래요, 꼭."

가무잡잡한 남자가 진지하게 격식을 차리며 끼어들었다.

"저 기억 안 나십니까?"

그가 근엄하게 물었다.

"기억나요. 당신 이름이 할란이잖아요."

"아닙니다, 발로우입니다."

"음, 어쨌든 두 음절은 알고 있었네요. 하워드 마셜의 하우스 파티에서 우쿨렐레를 멋지게 연주했던 분이잖아요."

"제가 연주를 하긴 했지만, 썩 잘하진……."

뻐드렁니가 난 남자가 끼어들었다. 이디스는 약한 위스키 냄새를 느낄 수 있었다. 그녀는 술을 마신 남자가 좋았다. 그들은 훨씬 더 유쾌하고 고마워할 줄 알고 칭찬을 잘했다. 이야기하기가 훨씬 편했다.

"제 이름은 딘입니다. 필립 딘."

그가 유쾌하게 말했다.

"당신은 저를 기억 못 하실 거라는 것을 저도 압니다. 하지만 당신은 제가 4학년 때 같은 방을 쓰던 친구와 뉴헤븐에 나타나곤 했었죠. 고든 스터렛 말입니다."

이디스가 재빨리 고개를 들었다.

"그래요, 그 사람과 두 번 갔었죠. 펌프앤슬리퍼 댄

스파티와 3학년 댄스파티에요."

"물론 그를 만났겠지요. 오늘 밤 그도 여기에 왔거든요. 몇 분 전에 봤습니다."

그가 무심히 말했다.

이디스는 움찔했다. 하지만 그녀도 그가 여기 와 있을 거라 확신하고 있었다.

"어머, 아니에요. 전 아직……."

뚱뚱한 빨간 머리 남자가 끼어들었다.

"안녕, 이디스."

그가 입을 열었다.

"어머…… 안녕하세요."

그녀는 발을 헛디뎌 살짝 비틀거렸다.

"미안해요."

그녀는 기계적으로 중얼거렸다.

고든을 본 것이다. 고든은 매우 창백하고 멍한 얼굴로 문간 한쪽에 기대어 담배를 피우며 무도회장을 들여다보고 있었다. 이디스는 그의 얼굴이 야위고 창백하다는 걸 알 수 있었다. 입술에 담배를 가져가던 손이 떨리고 있었다. 그들은 이제 그와 상당히 가까운 곳에서 춤을 추고 있었다.

"쓸데없이 많은 사람을 초대해서 당신이……."

키 작은 남자가 말했다.

"안녕, 고든."

이디스가 파트너의 어깨 너머로 소리쳤다. 그녀의 심장이 격렬하게 쿵쾅거렸다.

그의 크고 검은 두 눈이 그녀에게 고정되었다. 그는 그녀를 향해 발걸음을 내딛었다. 그녀의 파트너가 그녀의 몸을 돌렸다. 그녀는 그가 푸념하는 소리를 들었다.

"……하지만 여자 없이 혼자 온 남자들 반은 술에 취해 금방 떠나 버리죠, 그러니까……."

이내 그녀의 옆에서 낮은 목소리가 들렸다.

"잠깐 실례해도 되겠습니까?"

그녀는 갑자기 고든과 춤을 추게 되었다. 그는 한 팔로 그녀를 감쌌다. 그녀는 그 팔이 간헐적으로 자신을 조이는 것을 느꼈다. 손가락을 편 채 그녀의 등에 대고 있는 그의 손을 느꼈다. 레이스가 달린 작은 손수건을 쥐고 있던 그녀의 손을 그의 손이 꽉 잡고 있었다.

"어머, 고든."

그녀가 숨이 멎을 듯 말을 했다.

"안녕, 이디스."

그녀는 또다시 발을 헛디뎠다. 중심을 잡다가 앞쪽으로 몸이 기우는 바람에 그녀의 얼굴이 그의 야회복의 검은 천에 닿았다. 그녀는 그를 사랑했다. 그녀도 자신이 그를 사랑한다는 것을 알았다. 그리고 잠시 동안 침묵 속에서 그녀는 이상한 불편한 감정에 사로잡혔다. 뭔가가 잘못되었다.

그것이 무엇인지를 깨닫자 갑자기 그녀의 마음이 쓰라리면서 뒤집혔다. 그는 불쌍하고 초라했으며 술에 취했고 비참하게 지쳐 있었다.

"아……."

그녀가 무심결에 탄식했다.

그의 두 눈이 그녀를 내려다보았다. 그녀는 문득 그의 두 눈이 충혈되어 제멋대로 이리저리 구르고 있는 것을 보았다.

"고든, 여기 좀 앉자. 나 앉고 싶어."

둘은 거의 무도회장 한가운데에 있었다. 하지만 그녀는 두 명의 남자가 방의 반대편에서 다가오기 시작하는 것을 보고는, 춤을 멈추고 고든의 흐느적거리는 손을 잡고 사람들 사이로 부딪히며 그를 데리고 나왔다. 입을 꾹 다문 그녀의 붉은 화장 아래 얼굴이 창백해졌고, 두 눈엔 눈물이 글썽였다.

그녀는 부드러운 카펫이 깔린 계단 위쪽에 앉을 만한 자리를 발견했고, 그는 느릿느릿 그녀 곁에 앉았다.

"저, 널 봐서 정말 기쁘. 이디스."

흔들리는 눈으로 그녀를 보며 입을 열기 시작했다.

그녀는 아무 말도 하지 않은 채 그를 바라보았다. 이 일은 그녀에게 헤아릴 수 없는 영향을 미쳤다. 그녀는 수년간 아저씨에서부터 운전기사에 이르기까지 다양한 단계로 술 취한 사람들의 모습을 보았고 그녀의 감정은 즐거움에서 혐오까지 다양했지만, 이제는 처음으로 새로운 감정이 밀려 왔다. 뭐라고 말로 표현할 수 없는 공포였다.

"고든, 너 너무 안돼 보여."

그가 고개를 끄덕였다.

"나 문제가 좀 있어, 이디스."

"문제라고?"

"갖가지 종류의 문제야. 가족들에겐 아무 말도 하지마. 난 완전히 끝장났어. 난 바보야, 이디스."

그의 아랫입술이 축 늘어지고 있었다. 그는 그녀를 거의 보고 있지 않는 것 같았다.

"당신, 당신."

그녀가 머뭇거렸다.

"당신 나에게 이야기해 봐. 고든? 당신도 내가 항상 당신에게 관심 있다는 거 알잖아."

그녀는 자신의 입술을 깨물었다. 좀 더 강한 말을 해주고 싶었지만 결국 그 말을 할 수 없단 것을 알았다. 고든은 느리게 고개를 저었다.

"말할 수 없어. 당신은 좋은 여자야. 좋은 여자에게 그 이야기를 할 순 없어."

"당치 않아, 그런 식으로 좋은 여자라고 부르는 건 더할 나위 없는 모욕이라고 생각해. 혹평이라고. 당신 꽤 마셨구나, 고든."

그녀가 도전적으로 말했다.

"고마워. 알려 줘서 고마워."

그는 진지하게 머리를 숙였다.

"왜 술을 마셔?"

"왜냐면 난 빌어먹을 정도로 비참하니까."

"술을 마시면 더 나아지기라도 한단 말이야?"

"지금…… 나를 선도하려는 거야?"

"아니야. 당신을 도우려는 거야, 고든. 나에게 말해 줄 수 없어?"

"난 지독히 곤란한 상황에 처했어. 당신이 해 줄 수 있는 최선의 일은 나를 모른 척하는 거야."

"왜 그래, 고든?"

"춤추는 데 끼어들어서 미안해. 당신에겐 바람직하지 못한 행동이었어. 당신은 순수한 여자야. 그리고 그런 좋은 여자야. 자, 당신과 춤출 누군가를 데리고 올게."

고든이 서툴게 일어났지만 이디스는 팔을 뻗어 그를 다시 옆에 앉혔다.

"이봐, 고든. 당신 지금 말도 안 돼. 당신은 내 마음을 아프게 하고 있어. 마치…… 마치 미친 사람처럼 행동하고 있어."

"나도 알아. 나 약간 미쳤어. 어딘가 좀 이상해졌어, 이디스. 뭔가가 나를 떠나갔다고. 그건 상관없어."

"난 상관있어. 그러니까 말해."

"별거 아니야. 난 항상 괴짜였지. 다른 남자들과 좀 달랐어. 대학 시절엔 괜찮았지만, 이젠 다 잘못됐어. 지난 네 달 동안 드레스의 작은 후크들처럼 뭔가가 내 안에서 툭하고 끊어졌어. 그리고 몇 개만 더 끊어지면 옷이 벗겨지겠지. 난 아주 조금씩 미쳐 가고 있어."

그는 눈을 돌려 그녀를 똑바로 보며 웃기 시작했고, 그녀는 그를 피해 움츠러들었다.

"무슨 문제야?"

"그냥 나 때문이야."

그가 반복했다.

"나는 미쳐 가고 있어. 이 장소 전체가 나에겐 꿈결 같아…… 이 델모니코의……."

그가 말을 하는 동안, 그녀는 그가 전혀 딴판으로 변해 버린 것을 알 수 있었다. 밝고 즐겁고 꾸밈없는 모습은 찾아볼 수 없고 엄청난 무기력과 낙담이 그를 엄습하고 있었다. 혐오감이 그녀를 사로잡았고 곧이어 희미한, 놀라운 지루함이 뒤따랐다. 그의 목소리는 거대한 허공에서 나오는 것 같았다.

"이디스, 나는 내가 영리하고 재능 있고 예술가라고 생각하곤 했어. 그렇지만 이젠 내가 아무것도 아니라는 걸 알았어. 그림을 그릴 수도 없어, 이디스. 너에게 왜 이런 말을 하고 있는지도 모르겠어."

그녀는 멍하니 고개를 끄덕였다.

"난 그림을 그릴 수도 없고 아무것도 할 수 없어. 나는 교회에 사는 생쥐만큼이나 가난해."

그는 쓸쓸히, 그리고 심하다 싶을 정도로 크게 웃었다.

"난 빌어먹을 거지가 되고 말았어. 친구들에게 달라붙어 피를 빨고 있지. 나는 실패자야. 나는 죽도록 가난해."

그녀의 혐오감은 점점 커져만 갔다. 그녀는 이번엔 고개를 끄덕이지도 않고 일어날 기회만 찾고 있었다.

돌연, 고든의 눈에 눈물이 맺혔다.

"이디스."

그가 자제를 하려고 안간힘을 쓰면서 그녀를 돌아보며 말했다.

"나에게 관심이 있는 사람이 한 명은 남아 있다는 것을 알았다는 게 나에게 얼마나 큰 의미인지 이루 말할 수가 없어."

그는 팔을 뻗어 그녀의 손을 어루만졌고 그녀는 자신도 모르게 손을 뺐다.

"넌 정말 멋진 여자야."

그가 다시 말했다.

"뭐, 옛 친구를 만나면 누구나 반갑기 마련이지. 하지만 널 이런 모습으로 보게 되어 유감이야, 고든."

그녀가 그의 눈을 들여다보며 천천히 말했다.

잠시 말을 멈추고 서로를 바라보는 동안 그의 눈 속에 순간의 열망이 일어났다. 그녀는 자리에서 일어나 무표정한 얼굴로 그를 바라보았다.

"우리 춤출까?"

그녀가 냉랭하게 말했다.

'사랑은 깨지기 쉬운 거야.'

그녀가 생각했다. 하지만 그 조각은 남아서 입술에 맴돌고 말로 전해질 수도 있다. 새로운 사랑의 말, 배운 부드러움은 다음 연인을 위해 소중히 하면 되는 것이다.

5

시랑스러운 이디스의 파트너인 피터 히멜은 무시당하는 데에 익숙하지 않았다. 그래서 무시를 당하자, 그는 상처 입고 당황스러워했으며 자신이 몹시 부끄러워졌다. 두 달 동안 그는 이디스 브래딘과 속달 우편을 주고받은 사이였다. 그리고 속달 우편을 이용한 단 하나의 구실과 해명은 감정적인 서신 왕래에 의의가 있다는 것을 알기에, 그는 근거가 상당히 확실하다고 믿었다. 그녀가 단지 키스 문제로 이런 행동을 보인 이유가 무엇인지 아무리 생각해 봐도 알 수가 없었다.

그래서 콧수염을 기른 남자가 이야기에 끼어들었을 때 피터는 복도로 나가 문장을 만들고 여러 번 그것을 되뇌었다. 상당 부분을 삭제하면 이렇다.

"음, 어떤 여자라도 남자를 유혹하고서 충격을 준다면, 그녀가 그랬지…… 내가 밖으로 나가 기분 좋게 취한다 해도 불평하지 못할 거야."

그러고는 그는 만찬장을 지나 자그마한 옆방으로 갔다. 저녁 일찍 알아봐 둔 곳이었다. 방에는 큰 펀치 그

룻이 여러 개 있었고 그 옆으로 많은 술병이 늘어서 있었다. 그는 술병들이 놓인 테이블 옆에 앉았다.

두 번째 하이볼을 마시자 지루함과 혐오감, 무미건조한 시간, 혼란스러운 사건들이 희미한 배경 속으로 가라앉았고, 그 앞에는 반짝이는 거미줄이 생겨났다. 모든 일이 스스로 화해하고 조용히 자기 자리로 돌아갔다. 그날 있었던 문제들은 반듯이 정렬하여 그의 짧은 퇴거 명령에 행진하며 사라져 버렸다. 그리고 걱정이 떠나자 상징이 찬란하게 빛나며 침투했다. 이디스는 변덕스럽고 하찮고 안달 낼 만한 가치가 없는, 차라리 비웃는 게 나을 만한 그런 여자가 되었다. 그녀는 그의 주변에 형성된 피상적인 세계와 꼭 들어맞는 그의 환상의 인물이었다. 그 자신도 어느 정도는 상징적인 존재가 되었다. 절제할 줄 아는 술꾼이자 놀고 있는 명석한 몽상가였다.

그러다 상징적인 분위기는 흐려졌고, 그가 세 번째 하이볼을 홀짝거렸을 때 그의 상상력은 따뜻한 술기운에 굴복했으며 그는 기분 좋은 물 위를 떠다니는 것과 비슷한 상태에 빠졌다. 그가 가까이에 있던 녹색 베이즈 문이 5센티미터 정도 열렸다는 것과, 그 틈새로 두 쌍의 눈들이 그를 주의 깊게 보고 있다는 것을 눈치챈 건 바로 그때였다.

"음."

피터가 침착하게 중얼거렸다. 녹색 문이 닫혔다. 그리고 다시 열렸다. 이번에는 겨우 1센티미터 정도.

"까꿍."

피터가 중얼거렸다.

문은 꼼짝도 않았지만 그는 긴장된 속삭임이 간헐적으로 계속되는 것을 알아차렸다.

"남자 한 명이야."

"뭐하고 있어?"

"앉아서 쳐다보고 있네."

"얼른 좀 물러나지. 한 병 더 가져와야 하는데."

피터는 그 말들이 자신의 의식 속으로 스며드는 것에 귀를 기울였다.

'이거 참 놀라운데.'

그가 생각했다.

그는 흥분했고 몹시 기뻤다. 그는 어떤 불가사의에

120

맞닥뜨리게 됐다는 생각이 들었다. 교묘하게 무관심한 척을 하며 자리에서 일어나 테이블 주변을 서성거렸다. 그리곤 재빨리 몸을 돌려 녹색 문을 잡아당겼다. 로즈 병사가 방 안으로 고꾸라졌다.

피터가 고개 숙여 인사했다.

"안녕하십니까?"

피터가 말했다.

로즈 사병은 한 발을 다른 발보다 조금 앞으로 내딛고 싸울지 달아날지 아니면 타협할지를 고심했다.

"안녕하십니까?"

피터가 다시 한 번 정중하게 말했다.

"그냥 그렇습니다."

"한잔 드릴까요?"

로즈 사병은 자신을 비꼬고 있는 건가 의심하며 피터를 샅샅이 뜯어보았다.

"좋소."

마침내 그가 말했다.

피터는 의자를 가리켰다.

"앉으시지요."

"친구가 있는데…… 저기 친구가 기다리고 있어요."

로즈가 녹색 문을 가리키며 말했다.

"그렇다면 친구분도 들어오시라고 해야죠."

피터가 방을 가로질러 가서 문을 열어 무척 의심스
러워하고 불안하고 죄지은 얼굴의 키 사병을 맞이했
다. 셋은 의자를 찾아 펀치 그릇 주위에 하나씩 자리를
잡았다. 피터는 두 사람에게 하이볼을 한 잔씩 돌리고
케이스에서 담배를 꺼내 건넸다. 두 사람은 약간 머뭇
거리며 술과 담배를 받았다.

"자, 도대체 왜 두 분께선 제가 봤을 때 마루 청소용
수세미 같은 청소 비품밖에 없는 이 방에서 여가를 보
내려고 하시는지 물어봐도 되겠습니까? 게다가 인류가
일요일을 빼고는 매일 의자를 1만 7천 개나 만드는 단
계까지 진보한 이 시점에 말입니다……."

그가 말을 멈추었고 로즈와 키는 그를 멍하게 바라
보았다. 피터가 말을 계속했다.

"말씀해 주시겠습니까? 도대체 왜 물을 한 장소에서
다른 장소로 옮기기 위해 만들어진 물건 위에 앉아서
쉬기로 결심했는지요."

이 말에 로즈는 투덜거리는 것으로 대답을 대신했다. 피터가 이야기를 마쳤다.

"그리고 마지막으로, 아름답고 거대한 샹들리에가 매달려 있는 이 건물에서 두 분은 고작 한 개의 빈약한 전등불 아래에서 저녁 시간을 보내려 했는지 그 이유를 말씀해 주시겠습니까?"

로즈가 키를 바라보았다. 키도 로즈를 바라보았다. 둘은 웃었다. 웃음이 큰 소리로 터져 나왔다. 웃지 않고서는 서로 볼 수 없을 지경이었다. 하지만 이 남자는 같이 웃지 않았다. 둘은 이 남자를 비웃고 있는 것이었다. 두 사람에게 이런 식으로 말하는 사람이라면 술에 거나하게 취했거나 미쳐서 헛소리를 하는 것이 틀림없었다.

"예일대 분들인 건 맞겠죠."

피터가 말하고는 하이볼을 마저 들이키고 한 잔 더 만들었다. 둘은 또다시 웃었다.

"아닌데요."

"그러세요? 난 두 분이 셰필드 이공대학이라고 알려진 수준이 떨어지는 단과대학 학생이 아닌가 생각했네요."

"아닌데요."

"음, 그렇다면 유감이네요. 신문에 나왔듯 이 남보랏 빛 낙원에서 신분을 숨기고 지내는 하버드 대학교 학생이 틀림없군요."

"그것도 아닌데요."

키가 비웃듯이 말했다.

"우리는 그저 사람을 기다리고 있었을 뿐인데."

"아……."

피터가 둘의 잔을 들어 술을 채우며 외쳤다.

"아주 흥미롭군요. 청소 아줌마와의 데이트라도 있나 보죠?"

둘 다 분개하며 이 말을 부인했다.

"괜찮습니다. 변명하지 마세요. 청소 아줌마도 세상의 숙녀들만큼 훌륭하지요."

피터가 둘을 안심시켰다.

"키플링이 말했죠. '귀부인이나 주디 오그래디나 한 꺼풀 벗기면 모두 마찬가지.'라고요."

"물론이죠."

키가 로즈에게 뻔히 보이게 윙크를 하며 말했다.

"예를 들어, 제 경우엔 말입니다."

피터가 술잔을 비우며 말을 이었다.

"오늘 제 파트너는 버릇이 없는 여자입니다. 이제껏 본 여자들 중에 제일 버릇이 없어요. 내 키스를 거절하지 뭡니까. 딱히 이유도 없으면서. 일부러 '당신과 키스하고 싶어요.' 하는 표정을 해 놓고 나서는 팔꿈치로 확 밀지 뭡니까? 나를 뻥 차 버렸단 말입니다! 요즘 젊은 세대들은 어떻게 돼 가고 있는 겁니까?"

"운이 나빴군요. 끔찍하게 운이 나빴네요."

키가 말했다.

"아니, 그럴 수가!"

로즈가 말했다.

"한 잔 더 하실래요?"

피터가 말했다.

"우린 잠깐 싸움 같은 데에 휘말렸어요."

키가 잠시 멈추었다 다시 말했다.

"하지만 그곳은 너무 멀었죠."

"싸움이라고요? 그거 좋네요!"

피터가 비틀거리면서 자리에 앉으며 말했다.

"다 해치워 버리는 겁니다! 나도 군에 있었습니다."

"상대편은 볼셰비키 놈들이었어요."

"바로 그겁니다!"

피터가 열광적으로 소리를 질렀다.

"제 말이 그겁니다! 볼셰비키를 죽여라! 싹 쓸어 버려라!"

"우린 미국인이죠."

로즈가 불굴의 도전적인 애국심을 넌지시 비추며 말했다.

"물론입니다. 세상에서 가장 위대한 민족이죠! 우린 모두 미국인입니다! 한 잔 더 하시죠."

피터가 말했다.

그들은 한 잔씩 더 마셨다.

6

새벽 1시에 특별 오케스트라 중에서도 특별 오케스트라라고 할 만한 특별한 오케스트라가 델모니코에 도착했다. 피아노 주위에 거만하게 앉아 있는 멤버들은 감마 프사이 사교 댄스파티에 음악을 연주하는 책임을 맡았다. 유명한 플루트 연주자가 단장이었는데, 그는 물구나무를 서는 묘기를 보이고 양어깨를 부르르 떨며 플루트로 최신 재즈를 연주하는 것으로 뉴욕 전역에 걸쳐 유명했다. 그가 연주하는 동안, 플루트 연주자를 비추는 스포트라이트와 한데 엉겨 춤을 추는 사람들 위로 깜박거리는 그림자와 만화경처럼 변화무쌍한 색깔을 비추는 조명을 제외한 다른 불은 모두 꺼졌다.

이디스는 춤을 추면서 사교계 새내기들에게만 나타나는 습관적인 나른하고 꿈꾸는 듯한 상태에 빠졌다. 고귀한 영혼이 여러 차례 다량의 하이볼을 마신 후 달아오르는 것과 비슷한 상태였다. 그녀의 마음은 음악의 한가운데에서 흐릿하게 떠돌았다. 시시각각 변하는 다채로운 조명 아래에서 그녀의 파트너들은 실재하지 않는 환영으로 번갈아 바뀌었고, 현재의 무아지경으로 인해 춤이 시작한 이래로 며칠이 지난 것처럼 느껴졌다. 그녀는 많은 남자들과 함께 많은 단편적인 화제로 이야기를 나누었다. 그녀는 한 번 누군가의 키스를

받았고, 여섯 번이나 사랑 고백을 받았다. 이른 저녁에
는 여러 대학생들과 춤을 추었지만, 이제는 그곳의 인
기 있는 여느 아가씨들처럼 그녀도 추종자들에게 둘러
싸였다. 즉, 여섯 명쯤 되는 멋진 남자들이 그녀 한 사
람만 선택하거나, 선택한 다른 미인들과 그녀의 매력
을 번갈아 가며 즐기고 있었다. 그 남자들은 규칙적으
로 적당히 정해진 순서에 따라 돌아가며 그녀의 춤에
끼어들었다.

그녀는 여러 번이나 고든을 보았다. 그는 한 손으로
고개를 받치고 계단에 오래도록 앉아, 앞에 있는 바다
의 수많은 조각을 멍한 눈으로 응시하고 있었다. 그는
몹시 우울해 보였고 술도 꽤 마신 것 같았다. 하지만 그
를 볼 때마다 이디스는 급히 눈길을 돌려 버렸다. 그 모
든 것이 오래전 일처럼 느껴졌다. 이제 그녀의 마음은
수동적이 되었고, 감각은 잠에 취한 듯 몽롱해졌다. 오
직 그녀의 발만이 춤을 추었고 그녀의 목소리만이 흐
릿하고 다정다감한 희롱에 대답할 뿐이었다.

하지만 이디스는 기분 좋을 만큼 거나하게 취한 피터
히멜이 끼어들었을 때, 도덕적으로 분개할 수 없을 정

도로 지친 상태는 아니었다. 그녀는 숨을 몰아쉬며 그를 쳐다보았다.

"어머, 피터!"

"나 조금 취했어요, 이디스."

"어머, 피터, 잘났어요, 정말! 이거 좀 잘못된 행동이라는 생각이 들지 않아요? 내 파트너로 왔으면서 말이에요."

곧 그녀는 본의 아니게 웃음을 지었다. 그가 바보같이 씰룩거리며 웃는 얼굴로 바뀌더니, 올빼미같이 커다란 눈으로 감상적인 표정을 지으며 자신을 바라보았기 때문이다.

"사랑하는 이디스, 당신도 내가 사랑하는 거 알죠, 그렇죠?"

그가 진심으로 말했다.

"적절하게도 말하시네요."

"당신을 사랑해요. 단지 당신과 키스하고 싶었던 것뿐이에요."

그가 구슬프게 덧붙였다.

그가 느꼈던 당황스러움과 부끄러움은 모두 사라지

고 없었다. 그녀는 세상에서 가장 아름다운 여인이었다. 가장 아름다운 두 눈은 하늘의 별과도 같았다. 그는 사과를 하고 싶었다. 우선 주제넘게 그녀에게 키스를 하려고 했던 것, 두 번째로 술을 마신 것…… 하지만 그녀가 자기에게 화가 났다고 생각하는 바람에 그렇게 취한 것이었다.

얼굴이 붉고 뚱뚱한 남자가 끼어들어 이디스를 보며 환하게 웃음을 지었다.

"같이 오신 분 있나요?"

그녀가 물었다.

아니다. 얼굴이 붉고 뚱뚱한 남자는 혼자 왔다.

"그럼, 혹시 많이 번거로운 부탁일지 모르겠지만 오늘 밤 저를 좀 데려다 주실 수 있나요?"

(이러한 극도의 수줍은 행동은 이디스가 매력적으로 보이기 위해 일부러 꾸민 행동이다. 그녀는 그 얼굴이 붉고 뚱뚱한 남자가 즉시 터져 나오는 기쁨으로 마음의 빗장을 열어 버릴 거라는 걸 알았다.)

"번거롭다니요? 아니, 그런 말씀을, 듣던 중 반가운 말씀입니다! 정말 대단히 반가운 말씀입니다!"

"정말 고마워요! 정말 친절한 분이시군요."

그녀는 자신의 손목시계를 흘끗 보았다. 1시 30분이었다. 그리고 그녀가 혼자 '1시 30분'이라고 중얼거렸을 때, 그녀의 오빠가 점심을 함께하며 그녀에게 매일 밤 1시 반이 넘도록 신문사에서 일한다고 했던 말이 어렴풋이 생각났다.

이디스는 갑자기 현재의 파트너를 돌아봤다.

"델모니코가 어느 거리에 있죠?"

"거리요? 아, 5번가에 있죠, 물론."

"제 말은 동서로 뻗은 거리 말이에요."

"아, 그렇다면, 45번가에 있어요."

그녀가 생각했던 대로였다. 헨리의 사무실은 길 건너 모퉁이를 돌면 있는 게 분명했다. 그 순간, 잠깐 빠져나가 그를 놀라게 해 주려는, 새로 산 진홍색 오페라 망토를 입은 눈부신 자태로 오빠에게 날아가 '그를 응원해' 주려는 생각이 들었다. 바로 이런 행동이야말로 이디스가 몹시 즐거워하는 것이다. 자유롭고 쾌활한 행동 말이다. 그 생각이 뻗어 나가 그녀의 상상력을 붙잡았다. 그녀는 아주 잠깐 망설이고는 결심했다.

"머리가 곧 내려앉을 것 같아요."

그녀는 자신의 파트너에게 유쾌하게 말했다.

"잠깐 가서 매만지고 와도 될까요?"

"그렇게 하세요."

"정말 멋진 분이세요."

몇 분 후 진홍색의 오페라 망토에 몸을 감싼 이디스는 작은 모험에 대한 흥분으로 두 뺨이 상기된 채 옆 계단을 몰래 내려가고 있었다. 문 옆에 서 있던 한 쌍을 스쳐 지나갔다. 턱이 가느다란 웨이터와 화장을 너무 짙게 한 아가씨가 심하게 말다툼을 하고 있었다. 그리고 바깥문을 열어 따스한 5월의 밤으로 발걸음을 내딛었다.

7

화장을 짙게 한 여자가 적개심을 띤 매서운 눈초리로 이디스를 좇았다. 그러고는 턱이 가느다란 웨이터를 돌아보며 말다툼을 계속했다.

"올라가서 그 사람에게 내가 여기 있다고 전해 달라니까요. 아니면 내가 직접 올라가죠."

그녀가 도전적으로 말했다.

"안 됩니다. 그건 안 됩니다!"

조지가 단호히 말했다. 여자가 비꼬는 듯한 웃음을 지었다.

"오호라, 내가 안 된다고요? 그렇단 말이죠? 좋아요, 난 당신이 인생 통틀어서 봐 온 것보다 대학생을 더 많이 알고 있어요. 그들도 나를 알고 있고 나를 이 파티에 데려오는 걸 기뻐할 거란 말이에요."

"아무리 그래도……."

"그래도?"

그녀가 말을 잘랐다.

"방금 뛰어나간 여자 같은 사람들은 괜찮고…… 그 여자가 어디로 갔는지 누가 알겠어……. 여기 오도록 초대받은 사람들은 내키는 대로 들락거릴 수 있고……. 그래 놓고선 내가 친구를 만나고 싶다고 하니까 싸구려 햄이나 매달고 도넛이나 나르는 웨이터가 지키고 서서 못 들어가게 막기나 하고."

"이것 봐요."

조지가 화가 나서 말했다.

"난 내 일자리를 잃을 수 없어요. 어쩌면 당신이 말하는 사람은 당신을 보고 싶어 하지 않을 수도 있고."

"아, 그는 분명 나를 만나고 싶어 할 거예요."

"어쨌든 저 많은 사람 중에서 내가 그 사람을 어떻게 찾는단 말입니까?"

"아, 그 사람은 저기 있을 거예요."

그녀가 자신만만하게 단언했다.

"당신은 그저 아무나 붙들고 고든 스터렛이 누구냐고 물어보기만 해요. 그러면 사람들이 가리켜 줄 테니까. 저 사람들은 서로서로 다 아니까요."

그녀는 망사 가방을 꺼내 1달러 지폐를 조지에게 건넸다.

"자, 이건 뇌물이에요. 당신은 그 사람을 찾아서 내 말을 전해 줘요. 5분 안에 이리로 오지 않으면 내가 찾아간다고 전해 줘요."

조지는 어쩔 수 없다는 듯이 고개를 절레절레 젓고는, 잠시 그 문제를 곰곰이 생각하다가 몹시 주저하며 물러났다.

주어진 시간이 끝나기도 전에 고든이 아래층으로 내려왔다. 그는 초저녁 때보다 한층 더 취해 있었고 몰골도 달라져 있었다. 독한 술이 딱딱한 빵 껍질처럼 그를 둘러싸고 있는 것 같았다. 그는 둔해 보였고 비틀거렸다. 말할 땐 거의 횡설수설했다.

"안녕, 주얼."

그가 탁한 목소리로 말했다.

"바로 내려왔어. 주얼, 돈은 마련하지 못했어. 난 최선을 다했어."

"돈 때문이 아니야!"

그녀가 날카롭게 말했다.

"당신은 열흘 동안 내 근처에 얼씬도 안 했어. 도대체 어떻게 된 거야?"

그는 천천히 고개를 저었다.

"몸이 안 좋았어, 주얼. 아팠다고."

"아팠으면 왜 말을 안 했어. 나 그 정도로 돈을 바라는 거 아니야. 나를 무시하기 전엔 돈 문제로 당신을 괴롭히진 않았잖아."

또다시 그가 고개를 저었다.

"당신을 무시한 적 없어. 전혀."

"그런 적 없다니! 3주가 되도록 나한테 오지도 않았으면서. 술에 너무 취해서 자기가 뭘 하고 있는지도 모를 때가 아니면."

"아팠다니까, 주얼."

그는 지겹다는 듯한 눈빛으로 그녀를 보며 다시 말했다.

"당신은 사교계 친구들과 어울릴 기운은 있잖아. 당신 나와 저녁 먹는다고, 돈도 마련해 준다고 해 놓고선 전화 한 통 없었잖아."

"돈을 구하지 못했어."

"그건 상관없다고 말했잖아. 난 당신이 보고 싶었단 말이야, 고든. 하지만 당신은 나 아닌 다른 사람들을 만나는 걸 더 좋아하는 것 같아."

그는 쓸쓸히 이 말을 부인했다.

"그러면 모자 가지고 와서 같이 가자."

그녀가 말했다. 고든은 망설였고 그녀는 갑자기 그에게 가까이 다가와 팔로 그의 목을 감쌌다.

"나랑 같이 가자, 고든."

그녀는 거의 속삭이듯 말했다.

"데비너리스로 가서 한잔한 다음, 내 아파트로 가면 돼."

"그럴 수 없어, 주얼……."

"그럴 수 있어."

그녀가 힘주어 말했다.

"나 몸이 너무 안 좋단 말이야!"

"그래, 그렇다면 당신은 더더욱 여기서 춤추고 있으면 안 된다는 말이야."

고든은 안도감과 절망감이 뒤섞인 눈빛으로 주위를 둘러보며 주저하고 있었다. 그러자 갑자기 그녀가 그를 잡아당겨 도톰한 입술로 키스했다.

"좋아, 모자 가지고 올게."

그가 침울하게 말했다.

8

맑고 푸른 5월의 밤거리로 나온 이디스는 길에 아무도 없다는 것을 깨달았다. 큰 상점의 유리창은 불이 꺼져 있었다. 문 위로 철가면을 떠올리게 하는 거대한 창살이 드리워져 한낮의 화려함을 간직한 어두운 무덤처럼 보였다. 42번가 쪽을 내려다보자 밤새 영업하는 식당들에서 새어 나온 흐릿한 불빛들이 잘게 부서지고 있었다. 6번가에는 불길이 확 타올라 기차역에서 평행하게 뻗은 희미한 빛줄기 사이로 너울거리다 서늘한 어둠 속으로 질주했다. 그러나 44번가는 아주 조용했다.

이디스는 망토를 몸에 두르고 쏜살같이 길을 건넜다. 혼자 있는 남자가 다가와 쉰 목소리로 "어디가, 아가씨?"라고 속삭이는 바람에 그녀는 불안하게 움찔했다. 그녀가 어릴 적 밤에 잠옷 차림으로 근처를 돌아다닐 때 수수께끼 같은 넓은 뒷마당에서 개 한 마리가 짖어 대던 기억이 났다.

그녀는 곧 목적지에 도착했다. 44번가에 있는 비교적 낡은 2층 건물이었는데, 위층 창문에서 한 줄기 불빛이 새어 나오는 것을 보자 비로소 마음이 놓였다. 바깥은 창문 옆의 간판을 읽을 수 있을 정도로 밝았다. '뉴욕 트럼펫.' 그녀는 어두운 현관에 발을 들여놓았고 잠시 후 구석에 있는 계단이 눈에 띄었다.

잠시 후 그녀는 책상이 여러 개 놓여 있고 사방에 신문 복사 철이 걸려 있는 길쭉하고 천장이 낮은 방으로 들어갔다. 방 안에는 두 사람만이 있었을 뿐이었다. 방의 양끝에 한 명씩 앉아 녹색 아이셰이드를 쓴 채 책상의 외등에 의지해 글을 쓰고 있었다.

잠깐 그녀는 문간에 머뭇거리며 서 있었고, 두 남자가 동시에 고개를 쳐들었고, 그녀는 오빠를 알아보았다.

"아니, 이디스 아냐!"

그가 재빨리 일어나 아이셰이드를 벗으며 놀란 얼굴로 다가왔다. 그는 키가 크고 야위었고 피부는 검었으며, 두꺼운 안경 아래엔 검고 예리한 눈이 보였다. 꿈꾸는 듯한 그의 두 눈은 언제나 말하는 상대방의 머리 너머에 고정된 듯해 보였다. 그는 두 손으로 그녀의 두 팔을 잡고 볼에 입을 맞추었다.

"어쩐 일이야?"

그는 놀라서 말했다.

"길 건너 델모니코에 열린 댄스파티에 왔어, 오빠. 오빠가 보고 싶어서 참지 못하고 뛰쳐나왔지 뭐야."

그녀는 들떠서 말했다.

"그랬다니 기쁘구나."

그의 긴장감이 금방 사라지더니 어느 때와 같은 모호한 표정으로 돌아왔다.

"그래도 밤에 혼자 다니면 안 돼, 알겠지?"

다른 쪽 끝에 앉아 있던 남자가 둘을 신기하게 바라보고 있다가 헨리가 오라고 손짓하자 가까이 다가왔다. 그는 넉넉한 체구에 조그마한 눈이 반짝거렸으며 셔츠 깃과 타이를 벗은 모습이 어느 일요일 오후를 보내는 중서부 농부와 같은 인상을 풍겼다.

"이쪽은 내 여동생이야. 날 보러 들렀대."

헨리가 말했다.

"안녕하십니까? 제 이름은 바솔로뮤라고 합니다, 미스 브래딘. 오빠분께선 오래전에 제 이름을 잊어버렸겠지만 말입니다."

뚱뚱한 남자가 웃으며 말했다. 이디스도 우아하게 웃

었다.

"그런데 이곳이 그다지 멋진 곳은 아니지요?"

이디스가 방을 둘러보았다.

"꽤 멋진 곳이에요. 폭탄은 어디에 보관하세요?"

그녀가 말했다.

"폭탄이라고요?"

바솔로뮤가 웃으며 반문했다.

"참 재미있는 이야기입니다. 폭탄이라니. 자네도 들
었나, 헨리? 자네 여동생이 우리가 폭탄은 어디 보관하
는지 알고 싶다는데. 정말 재미있는 이야기입니다."

이디스는 빈 책상에 걸터앉아 책상 가장자리 위로
두 다리를 흔들거렸다.

"글쎄. 이번 뉴욕 여행은 어떠니?"

그가 멍하니 물었다.

"좋아요. 일요일까지 호이츠 씨네 가족들과 빌트모
어 호텔에 묵을 거야. 내일 점심 먹으러 올 수 있어?"

그가 잠시 생각에 잠겼다.

"지금 특히 바빠. 그리고 나는 여자들이 떼를 지어
몰려 있는 건 싫어."

그가 거절했다.

"알았어. 오빠랑 나랑 둘이서만 점심 먹자."

그녀가 차분히 말했다.

"그게 좋겠군."

"12시에 전화할게."

바솔로뮤는 자기 자리로 돌아가고 싶어 하는 게 눈에 보일 정도였지만, 사교적인 작별 인사도 하지 않고 자리를 떠나는 것은 무례한 일이라고 생각하는 게 틀림없었다.

"저⋯⋯."

그가 어색하게 말을 꺼냈다. 둘은 고개를 돌려 그를 보았다.

"저, 우리는⋯⋯ 우리는 초저녁 무렵에 흥미진진한 시간을 보냈답니다."

두 남자가 눈빛을 교환했다.

"좀 더 일찍 오셨으면 좋았을 텐데요."

약간 용기를 얻은 바솔로뮤가 말을 이었다.

"보드빌 정기 공연을 보러 갔거든요."

"정말이세요?"

"일종의 세례나데였어."

헨리가 말했다.

"수많은 군인이 저 아래 거리에 모여들더니 간판을 보고 소리를 질러 대기 시작했지 뭐니."

"왜?"

그녀가 물었다.

"군중이니까."

헨리가 무심하게 대답했다.

"모든 군중은 악을 써야 하거든. 그 사람들은 앞장서서 이끌어 줄 사람도 없었어. 안 그랬으면 여기까지 밀고 들어와서 모조리 다 작살냈겠지."

"그랬어요."

바솔로뮤가 다시 이디스를 돌아보며 말했다.

"그때 여기 있었으면 좋았을 텐데요."

그는 그 정도 했으면 물러나도 될 만큼 충분하다고 생각했는지 돌연히 뒤돌아 자신의 자리로 돌아갔다.

"그 군인들이 모두 사회주의자에게 반감을 품고 있는 거야?"

이디스가 오빠에게 물었다.

"그러니까 내 말은 그 사람들이 오빠에게 폭력을 행사하고 뭐 그런 거야?"

헨리는 아이셰이드를 다시 쓰며 하품을 했다.

"인류는 먼 길을 걸어왔지. 하지만 우리의 대다수는 퇴보했어. 군인은 자신들이 원하는 게 뭔지, 싫어하는 게 뭔지, 좋아하는 게 뭔지도 몰라. 그들은 집단행동에 익숙해져서 시위운동이라도 해야만 하나 봐. 그리고 그 대상이 우연히 우리가 된 거고. 오늘 밤 도시 전역에 걸쳐 폭동이 일어났어. 너도 알겠지만 오늘이 오월제 잖아."

"여기서 일어난 소동은 많이 심각한 정도였어?"

"전혀."

그가 비웃듯 말했다.

"그들 가운데 스물다섯 명 정도는 9시쯤에 거리에 멈춰 서서 달을 올려다보며 고함을 질러 대기 시작하더라."

"아…… 오빠는 내가 와서 기뻐?"

그녀가 화제를 돌렸다.

"그럼, 물론."

"그렇게 안 보여서 말이야."

"기뻐."

"아무래도 오빠가 나를 쓸모없는 사람이라고 생각하는 것 같아. 세계 최악의 바람둥이라고나 할까."

헨리가 웃었다.

"전혀 그렇지 않아. 젊을 때 즐거운 시간을 보내야지. 왜 그렇게 생각해? 내가 깐깐한 샌님처럼 보이니?"

"아니야. 하지만 어쩐지 이런 생각이 들더라. 내가 다니는 파티가 오빠나 오빠가 추구하는 그 모든 목적과 너무나도 다른 거야. 그러니까 서로 어울리지 않는달까? 나는 저런 파티에나 가고, 오빠는 이곳에서 파티 같은 건 더 이상 열리지 못하게 할 무언가를 위해 일을 하고 있잖아. 오빠의 생각이 실현된다면 말이야."

"난 그렇게 생각하지 않아. 너는 젊고 이제껏 자란 대로 행동하고 있을 뿐이야. 어서 가…… 즐거운 시간을 보내야지?"

헛되이 흔들리던 그녀의 두 발이 멈추었고 그녀의 목소리는 나지막하게 들렸다.

"난 오빠가, 오빠가 해리스버그로 돌아와서 즐겁게 지

냈으면 좋겠어. 오빠가 하고 있는 일이 옳다고 확신해?"

"너 예쁜 스타킹을 신었구나. 도대체 무슨 스타킹이니?"

그가 말을 가로막았다.

"수를 놓은 거야."

그녀가 다리를 흘긋 보며 대답했다.

"정말 예쁘지 않아?"

그녀는 치마를 들어 올려 실크로 둘러싸인 날씬한 종아리를 드러냈다.

"오빠 혹시 실크 스타킹은 나쁘다고 생각해?"

헨리는 살짝 화가 치민 듯 그녀를 향해 검은 두 눈으로 매섭게 노려보았다.

"어쨌든 간에 내가 너를 비난한다고 말하고 싶은 거니, 이디스?"

"그런 게 아니라……."

그녀는 입을 다물었다. 바솔로뮤가 불평하는지 툴툴거렸다. 그녀가 돌아서자 그가 책상에서 일어나 창가에 서 있는 것이 보였다.

"뭔데 그래?"

헨리가 물었다.

"사람들이야."

바솔로뮤가 말했다. 그리고 잠시 후에 이렇게 덧붙였다.

"사람들이 미어터지고 있어. 6번가에서 오고 있네."

"사람들이라고?"

뚱뚱한 남자는 창문에 가까이 다가가는 바람에 코가 납작해졌다.

"군인들이야, 맙소사!"

그가 힘주어 말했다.

"다시 돌아올 줄 알았어."

이디스가 책상에서 폴짝 뛰어 내려와 창가에 있는 바솔로뮤에게로 달려갔다.

"사람들이 엄청나게 많아! 이리 와 봐, 오빠!"

그녀가 흥분해서 소리쳤다. 헨리는 아이셰이드를 바르게 매만질 뿐 자기 자리에 그대로 있었다.

"불을 끄는 게 좋지 않을까?"

바솔로뮤가 제안했다.

"아니. 조금만 있으면 물러갈 거야."

"그렇지 않을 거야."

이디스가 창밖을 내다보며 말했다.

"물러갈 생각은 하지도 않는걸. 더 많은 사람들이 오고 있어. 저기 봐. 저렇게 많은 사람이 6번가 모퉁이를 돌아오고 있어."

노랗게 빛나고 푸르게 그늘이 드리운 가로등 덕분에 그녀는 보도에 사람들이 가득 차 있는 걸 볼 수 있었다. 그들은 대부분 군복 차림이었으며 술에 몹시 취한 사람도 있고 정신이 멀쩡한 사람도 있었는데, 걷잡을 수 없이 떠들어 대는 소리와 고함지르는 소리가 그들 전체를 뒤덮고 있었다.

헨리가 자리에서 일어나 창가로 다가가 사무실 조명을 등지자, 기다란 실루엣이 드러났다. 그 즉시 고함소리가 규칙적인 구호로 변하더니, 담배꽁초며 담뱃갑이며 심지어 동전까지도 작은 포탄처럼 덜거덕 소리를 내며 창문을 향해 일제사격이 시작되었다. 접이문이 회전하더니 시끌벅적한 소리는 이제 계단을 타고 올라오기 시작했다.

"저들이 올라오고 있어!"

바솔로뮤가 외쳤다. 이디스는 불안한 표정으로 헨리를 돌아봤다.

"저 사람들이 올라오고 있어, 오빠."

아래층 복도에서 들리는 고함소리가 이제는 완전히 알아들을 수 있었다.

"빌어먹을 사회주의자 놈들!"

"친독주의자 놈들! 독일군 찬미자 놈들!"

"2층이야, 앞으로! 가자!"

"이 자식들을 가만두나 봐……."

그다음 5분간은 꿈꾸는 것처럼 지나갔다. 이디스는 아우성 소리가 갑자기 비구름처럼 세 사람 위로 불어 닥쳤음을, 계단을 오르는 수많은 발걸음 소리가 천둥소리처럼 들려왔음을, 헨리가 자신의 팔을 붙들고 사무실 뒤편으로 끌고 갔음을 의식할 뿐이었다. 그런 다음 문이 열리고 남자들이 우르르 실내로 떠밀려 들어왔다. 리더는 아니었고 우연히 앞쪽에 서 있었던 사람들이었다.

"어이, 인마!"

"늦게까지 있었네, 응!"

"너와 네 여자 말이야. 이 빌어먹을 놈 같으니!"

그녀는 술에 몹시 취한 두 명의 군인이 앞으로 떠밀려 왔음을 눈치챘고, 그 둘은 얼이 빠진 듯이 비틀거렸다. 한 명은 키가 작고 가무잡잡했으며 또 다른 사람은 키가 크고 턱이 가느다랬다.

헨리가 앞으로 나아가 손을 들어올렸다.

"동지 여러분!"

그가 말했다. 아우성 소리가 일순간 가라앉더니 투덜거리는 소리가 들려왔다.

"동지 여러분!"

꿈꾸는 듯한 눈은 군중의 머리 너머로 고정시킨 채 그가 다시 말했다.

"오늘 밤 이 난입으로 인해 다치는 사람은 다름 아닌 여러분 자신입니다. 우리가 부자로 보입니까? 우리가 독일인으로 보이나요? 여러분께 공정하게 물어보겠……."

"입 닥쳐!"

"그렇게 보이고말고!"

"이봐, 같이 있는 여자 동무는 누구지?"

책상 위를 마구 뒤지고 있던 민간인 옷차림의 남자

가 갑자기 신문 하나를 들어 올렸다.

"여기 있다!"

그가 소리쳤다.

"저놈들은 독일군이 전쟁에서 이기길 바라던 놈들이야!"

계단에서 새로운 사람들이 밀려와 어깨로 밀어 헤치며 들어왔고 갑자기 방은 뒤쪽에 있는 창백한 소수의 무리를 에워싼 남자들로 가득해졌다. 이디스는 턱이 가느다랗고 키가 큰 군인이 여전히 앞에 서 있는 것을 보았다. 키가 작고 얼굴이 가무잡잡한 남자는 어디론가 사라지고 없었다.

그녀는 살그머니 뒷걸음을 치며 열린 창가로 가까이 다가섰다. 열린 창문으로 시원한 밤공기의 맑은 바람이 들어왔다.

이내 방에서 소란이 일어났다. 그녀는 군인이 큰 파도처럼 앞으로 밀려드는 것을 깨달았고, 그 뚱뚱한 남자가 머리 위로 의자를 휘두르는 것을 언뜻 보았다. 그 순간 조명이 꺼졌고 그녀는 거친 옷감 아래 따뜻한 온기를 내는 몸들이 밀치는 것을 느꼈다. 그리고 그녀의 귀엔 고함을 지르는 소리, 쿵쿵거리며 짓밟는 소리, 거친 숨소리로 가득했다.

어디선가 갑자기 비틀거리는 형체가 나타나 그녀 곁을 휙 스쳐 지나 옆으로 떠밀리더니, 갑자기 겁에 질린 외마디 비명을 지르며 어찌할 도리 없이 열린 창문 밖으로 사라졌다. 그 비명 소리는 아우성 소리에 묻혀 짧게 끊어져 버렸다. 그 구역 뒤편에 있는 건물에서 흘러나온 흐릿한 빛 덕분에 이디스는 순간적으로 그가 넥타이를 매고 턱이 가느다란 키 큰 군인이었다는 것을 알아챘다.

이디스의 내부에서 깜짝 놀랄 만큼의 분노가 일어났다. 그녀는 팔을 난폭하게 휘두르며 가장 치열한 난투가 벌어지는 쪽으로 무턱대고 돌진했다. 툴툴거리는 소리며 욕설을 퍼부어 대는 소리, 주먹이 부딪히는 둔탁한 소리가 들렸다.

"오빠!"

그녀가 미친 듯이 불렀다.

"오빠!"

몇 분이 지났을까 그녀는 갑자기 방 안에 다른 사람

들이 있다는 것을 감지해 냈다. 나직하고 고압적이고 권위적인 목소리가 들려왔다. 그녀는 싸움이 일어나고 있는 여기저기에 노란 불빛이 획획 스쳐 지나가는 것을 보았다. 비명 소리가 산발적으로 들려왔다. 격투가 더 거세지다가 뚝 그쳤다.

갑자기 사무실에 불이 들어오더니 방 안은 이쪽저쪽 곤봉을 휘두르는 경찰로 가득 차 있었다. 낮고 굵은 목소리가 크게 울렸다.

"그만해! 이제 그만! 그만하라니까!"

그러더니 또다시 이렇게 말했다.

"조용하고 밖으로 나가! 이제 그만들 해!"

방은 마치 세면대처럼 사람들이 빠져나갔다. 구석에서 한바탕 난투를 벌이던 경찰이 붙잡고 있던 상대방 군인을 놓아주고는 입구 쪽으로 냅다 떠밀기 시작했다. 그 낮은 목소리는 계속되었다. 이디스는 이제 그 목소리의 주인공이 문 옆에 서 있는 목이 굵은 경감이었다는 것을 알았다.

"그만하라니까! 이러면 안 돼! 너희 편 군인 한 명이 뒤쪽 창밖으로 떠밀려 죽었단 말이야!"

"오빠!"

이디스가 소리쳤다.

"오빠!"

이디스는 자기 앞에 서 있는 남자의 등을 주먹으로 마구 때렸다. 그러고 다른 두 사람 사이를 비집고 지나 갔다. 싸우고 비명을 지르고 주먹을 마구 휘두르며 앞 으로 나아가 책상 가까이 바닥에 앉아 있는 몹시 창백 한 사람에게로 다가갔다.

"오빠, 왜 그래? 어떻게 된 거야? 어디 다쳤어?"

헨리는 눈을 감고 있었다. 그는 신음하다 이디스를 올려다보며 분개하며 말했다.

"저놈들이 내 다리를 부러뜨렸어. 저런 멍청한 놈들!"

"이제 그만해!"

경감이 소리쳤다.

"그만해! 그만하라니까!"

9

아침 8시 무렵 '59번가 차일드'는 대리석 테이블의 너비나 프라이팬의 광택 정도 외에는 이 식당의 다른 체인점들과는 별로 다를 게 없다. 그곳에서 눈꺼풀에 아직 졸음이 가득한 가난한 사람들이 가득 찾아와 다른 가난한 사람들을 보지 않으려고 자기 앞에 놓여 있는 음식만 똑바로 쳐다보려 애쓰는 게 보일 것이다. 하지만 이보다 네 시간 전의 59번가 차일드는 오리건 주의 포틀랜드에서부터 메인 주의 포틀랜드에 이르는 곳에 있는 다른 체인점들과는 큰 차이가 있다. 어두침침하지만 깨끗한 벽으로 둘러싸인 그곳에는 코러스 걸이며, 남자 대학생, 사교계 새내기, 난봉꾼, 매춘부까지 떠들썩하게 뒤섞여 있다. 브로드웨이에서 심지어 5번가에서도 가장 유쾌한 부류의 대표적인 조합이라 할 수 있다.

5월 2일의 이른 아침, 여느 때와 달리 그곳은 손님들로 가득했다. 각자 마을 하나쯤은 가지고 있는 아버지를 둔 말괄량이들이 흥분한 얼굴을 대리석 식탁 위로 숙이고 있었다. 그들은 메밀 케이크와 스크램블드에그를 맛있게 먹고 있었는데, 아마 네 시간 뒤라면 같은 장소에서 절대 다시는 같은 행동을 하지 못할 것이었다.

그들 대부분은 델모니코에서 열린 삼마 프사이 댄스파티에서 온 사람들이었다. 한밤중의 공연을 마치고 온 코러스 걸도 몇몇 있었는데 그들은 가장자리 테이블에 앉아 쇼를 마치고 화장을 좀 더 깨끗이 지울 걸 그랬다는 생각을 했다. 식당 여기저기에 이 장소와는 영 어울리지 않는, 쥐를 닮은 우중충한 사람들이 지치고 어리둥절한 얼굴로 멋진 여자들을 바라보았다. 하지만 우중충한 인물은 어디까지나 예외였다. 오월제 다음 날의 아침이었고 여전히 축제의 분위기가 감돌고 있었다.

술은 깼지만 아직도 몽롱한 기분에 젖은 거스 로즈도 마땅히 그런 우중충한 인물로 분류돼야 한다. 그 소동이 일어난 후 어떻게 해서 44번가에서 59번가로 왔는지 그는 기억이 가물가물했다. 그는 캐럴 키의 시신이 앰뷸런스에 실려 가는 모습을 보고 나서 군인 두세명과 함께 시내를 걷기 시작했다. 44번가와 59번가 사이 어딘가에 다른 군인들이 여자들을 만나 사라졌다. 로즈는 콜럼버스 광장을 배회하다 문득 커피와 도넛을 먹고 싶은 갈망을 충족시키기 위해 차일드의 희미하게 깜빡이는 불빛을 선택했다. 그는 걸어 들어가 자리에 앉았다.

그 주변에는 온통 활기차고 별 볼 일 없는 가벼운 잡담과 카랑카랑한 웃음소리가 퍼졌다. 처음에 그는 이해하지 못했지만 어리둥절한 5분을 보내고 나자, 여기서 어떤 즐거운 파티가 끝난 뒤풀이가 열리고 있다는 걸 깨달았다. 들떠서 떠들어 대는 젊은 남자가 여기저기 테이블 사이를 형제처럼 가족처럼 돌아다니며 닥치는 대로 악수를 하는가 하면, 우스운 농담을 하러 이따금 멈춰 서기도 했다. 그러는 동안 흥분한 웨이터들은 케이크와 달걀을 높이 쳐들고 지나가면서, 나직이 이 남자를 욕하기도 하고 몸을 부딪쳐 옆으로 밀쳐 내기도 했다. 가장 눈에 띄지 않고 사람이 제일 적은 테이블에 앉은 로즈에게 이 모든 광경은 미인과 흥청망청 즐기는 화려한 서커스로 보였다.

몇 분이 지나자 그는 사람들을 등지고 그의 대각선

에 앉은 한 쌍이 이곳에서 만만치 않게 흥미로운 사람들이라는 것을 점차 깨달았다. 남자는 취해 있었다. 야회복 차림으로 제멋대로 풀어진 넥타이와 셔츠는 물과 와인이 묻어 부풀어 있었다. 그는 멍하고 충혈된 눈으로 부자연스럽게 좌우를 두리번거렸다. 입술 사이로 숨을 가쁘게 몰아쉬고 있었다.

'꽤나 흥청거렸던 모양이군!'

로즈가 생각했다. 여자는 정신이 완전히 맑은 상태는 아니었다. 검은 눈동자에 열병에 걸린 듯 붉은 혈색의 예쁜 아가씨였는데, 매처럼 빈틈없이 경계하며 동행인에게 활기찬 눈동자를 떼지 않았다. 이따금 그에게로 몸을 기울여 무언가를 열심히 속삭이면, 남자는 고개를 무겁게 끄덕이거나 귀신처럼 유난히 기분 나쁘게 눈을 끔뻑이며 대답을 대신했다.

로즈가 한동안 둘을 아무 말 없이 살펴보고 있자, 마침내 여자가 그를 재빨리 화난 표정으로 노려보았다. 이내 그는 시선을 돌려 테이블을 여러 개 붙여 앉은 뒤풀이 참가자 중에 가장 눈을 끄는 유쾌한 두 사람을 보았다. 놀랍게도 그중 한 명이 델모니코에서 익살맞게 대접해 주었던 젊은이라는 걸 알았다. 그러자 로즈는 두려움이 섞인 막연한 감상에 젖어 키를 떠올렸다. 키는 죽었다. 그는 10미터 높이에서 떨어져 작살난 코코넛처럼 머리가 쪼개졌다.

'정말 좋은 놈이었는데.'

로즈는 슬픔에 잠겨 생각했다.

'정말 좋은 놈이었는데, 정말로. 정말 지지리 운도 없었지.'

뒤풀이 참석자 두 명이 다가와 로즈가 앉은 테이블과 그 옆의 테이블 사이를 다니기 시작하더니 아는 사람이든 모르는 사람이든 가리지 않고 명랑하게 허물없이 말을 걸었다. 문득 로즈는 뻐드렁니가 난 금발의 남자가 멈춰 서서는 맞은편의 남녀를 불안한 시선으로 보며 못마땅하다는 듯이 고개를 좌우로 젓는 것을 보았다.

눈이 충혈된 남자가 위를 올려다보았다.

"고디."

뻐드렁니가 난 뒤풀이 참가자가 말했다.

"고디."

"어, 그래."

얼룩이 묻은 셔츠를 입고 있는 남자가 탁한 목소리로 대답했다. 뻐드렁니가 난 남자는 두 사람을 향해 비관적이라는 듯 손가락을 흔들며 여자를 향해 냉담한 비난의 눈초리를 보냈다.

"내가 뭐랬나, 고디?"

고든은 자리에 앉은 채로 몸을 흔들었다.

"닥쳐!"

고든이 말했다. 딘은 그곳에 서서 계속 손가락을 흔들었다. 여자는 화가 나기 시작했다.

"당신, 꺼져 버려!"

그녀가 매섭게 소리쳤다.

"이 술주정뱅이! 당신이 딱 그 꼴이야!"

"이 녀석도 마찬가지야."

딘이 계속 손가락을 흔들더니 고든을 가리키며 말했다. 피터 히멜이 근엄한 얼굴로 연설이라도 하려는 듯 천천히 다가왔다.

"그만들 하시죠."

그는 어린아이들끼리 하는 사소한 말다툼이라도 중

재하려고 온 듯이 말했다.

"문제라도 있습니까?"

"당신 친구나 데려가시지. 우릴 괴롭히고 있잖아."

주얼이 매섭게 말했다.

"뭐라고요?"

"내 말 못 알아듣겠어? 술 취한 당신 친구나 데리고 가라니까!"

주얼이 날카로운 목소리로 말했다.

그녀의 목소리가 소란스러운 식당 위로 높이 올려 퍼졌고 웨이터 한 명이 급히 달려왔다.

"좀 조용히 해 주십시오!"

"저 작자가 술에 취해서 우릴 모욕했어요."

그녀가 외쳤다.

"아하, 고디."

피고인이 고집을 부렸다.

"내가 뭐랬냐."

그는 웨이터에게 고개를 돌렸다.

"고디는 내 친구요. 단지 그를 도와주려던 것뿐입니다. 안 그래, 고디?"

고디가 올려다봤다.

"나를 도와줘? 빌어먹을, 천만에!"

주얼이 갑자기 일어나서 고든의 팔을 붙잡고 일으켜 세웠다.

"가자, 고디!"

그에게로 몸을 기울인 채 그녀가 속삭이며 말했다.

"여기서 나가자. 저 작자 술버릇도 더럽게 취했어."

고든은 똑바로 일어서도록 부축을 받으며 문을 향해 걸어가기 시작했다. 주얼이 잠시 고개를 돌리고 자기들이 떠나도록 만든 사람을 향해 말했다.

"당신이 어떤 인간인지 다 알고 있어."

그녀가 매섭게 쏘아붙였다.

"참 친절한 친구지 당신. 고든에게 다 들었어."

그러고 난 후 그녀는 고든의 팔을 잡고서 호기심을 갖고 바라보는 군중 사이를 헤치고 나아가 계산을 하고는 밖으로 나갔다.

"자리에 앉으시죠."

그들이 나간 후 웨이터가 피터에게 말했다.

"뭐라고? 앉으라고?"

"네…… . 아니면 나가 주시든지요."

피터는 딘을 돌아봤다.

"이봐. 이 웨이터 좀 두들겨 줄까?"

"그거 좋지."

둘은 험악한 표정을 지으며 웨이터에게 다가갔다. 웨이터가 뒤로 물러났다.

피터가 갑자기 옆에 있는 테이블 위에 놓인 접시로 손을 뻗더니 잘게 썬 고기 요리를 한 움큼 집어 공중으로 던졌다. 그것은 완만한 포물선을 그리며 주변에 있던 사람들의 머리 위로 눈송이처럼 떨어졌다.

"거기! 진정해!"

"밖으로 내쫓아!"

"앉아, 피터!"

"쓸데없는 짓 그만둬!"

피터가 웃음을 터뜨리더니 고개 숙여 절을 했다.

"신사 숙녀 여러분, 열렬한 성원에 감사드립니다. 저에게 고기 요리와 실크해트를 좀 빌려 주신다면 막간극을 계속 진행해 나가겠습니다."

경비원이 소리치며 다가왔다.

"나가 주시죠!"

그가 피터에게 말했다.

"천만에!"

"이 사람은 내 친구야!"

딘이 화가 나서 끼어들었다. 여러 명의 웨이터들이 우르르 몰려들었다.

"저 사람을 쫓아내!"

"일단 나가자, 피터."

잠시 몸싸움이 벌어지면서 둘은 조금씩 문으로 밀려 나갔다.

"모자와 외투가 여기 있단 말이야!"

피터가 소리쳤다.

"그럼 어서 가서 잽싸게 가지고 와!"

경비원은 피터를 붙들고 있던 손을 놓아 주었다. 피터는 극도로 야비한 웃긴 표정을 지으며 다른 테이블로 돌진하여 한바탕 조소를 퍼붓고는 엄지를 코에 대고 분노한 웨이터를 보며 약을 올렸다.

"난 좀 더 놀아야겠는걸."

그가 선언했다.

추격전이 시작되었다. 네 명의 웨이터들이 한쪽에서, 그리고 다른 네 명은 반대쪽에서 달려왔다. 딘이 웨이터 두 명의 외투를 붙잡는 바람에 피터를 붙잡으려는 추격이 다시 시작되기도 전에 새로운 몸싸움이 일어났다. 그는 설탕 그릇과 커피 잔 여러 개를 뒤집고 난 후에야 마침내 붙들렸다. 계산대에서 또 다른 언쟁이 잇따라 일어났다. 그곳에서 피터가 경찰들에게 던질 작정으로 고기 요리를 하나 더 사려고 했기 때문이다.

　하지만 순전히 그의 퇴장으로 일어난 동요는 식당에 있던 모든 사람이 감탄하는 눈빛을 보내고 자신도 모르는 사이에 '오, 오, 오!' 하며 길게 감탄하게 만든 또 다른 현상에 의해 완전히 묻혀 버렸다.

　식당 전면의 거대한 판유리가 짙은 푸른색, 즉 맥스 필드 패리시의 그림에 나오는 달빛의 색으로 변했던 것이다. 그 푸른색은 마치 식당 안으로 밀치고 들어오려는 듯 유리창에 달라붙은 것처럼 보였다. 콜럼버스 광장에 새벽이 다가온 것이다. 마술과도 같은, 숨이 멎을 듯한 새벽이 불멸의 크리스토퍼 콜럼버스의 거대한 동상의 윤곽을 드러내며 점차 묻혀 가는 실내의 노란

전등불과 진기하고도 신비롭게 어우러졌다.

10

'미스터 인(Mr. In)'과 '미스터 아웃(Mr. Out)'은 인구 조사 목록에 기재되진 않았다. 사교계 명사 인명록이나 출생 · 혼인 · 사망 신고 기록, 식료품 가게의 외상 거래 장부, 그 어느 것을 뒤져 봐도 그들의 이름을 찾을 수 없을 것이다. 망각이 그들을 집어삼켰고 그들이 존재했다는 증언도 모호하고 아련하여 법정에서 증거로 채택되지 못한다. 그러나 '미스터 인'과 '미스터 아웃'이 잠시나마 살아 숨 쉬었고 이름을 부르면 응답했으며 그들 나름대로의 생생한 개성을 발휘했다는 사실을 가장 확실한 소식통에 의해 전해 들은 바 있다.

짧은 인생 동안 그들은 날 때부터 입고 있던 옷을 입고서 위대한 나라의 광대한 도로를 걸었다. 비웃음을 받고 욕지거리를 들었으며 쫓기다가 그곳에서 달아났다. 그 후로 그들은 사라져 더 이상 소식도 들리지 않았다.

어스름이 밝아 오고 있는 5월의 새벽, 지붕이 없는 택시가 브로드웨이를 미끄러지듯 달려가고 있을 때, 그들은 이미 어렴풋하게나마 모습을 드러내고 있었다. 차 안에는 '미스터 인'과 '미스터 아웃'의 영혼이 앉아 크리스토퍼 콜럼버스 동상 뒤로 보이는 하늘을 눈 깜짝할 사이에 물들인 푸른빛에 놀라워하며 이야기를 나누었고, 일찍 일어난 늙은 잿빛 얼굴들이 잿빛 호수 위로 날려 간 종잇조각들처럼 창백한 모습으로 거리를 스쳐 가는 것을 어이없어하며 이야기를 나누었다.

둘은 차일즈 식당 경비원의 어리석음에서부터 인생사의 불합리함에 이르는 모든 문제에 의견을 같이했다. 그들의 불타오르는 영혼에 아침이 일깨워 준, 눈물이 날 것같이 터질 듯한 행복감에 머리가 아찔할 정도였다. 실제로 살아 있다는 기쁨이 너무나 신선하고 크게 와 닿아서 크게 소리라도 질러 표현해야 할 것만 같았다.

"이야 호!"

피터가 확성기처럼 두 손을 모아 소리를 지르자 딘도 소리를 지르며 동참했는데, 그 역시 의미심장하고 상징적인 말이었지만 발음이 분명하지 않아 공명으로 울려 퍼졌다.

"요 호! 예! 요호! 요 부바!"

53번가에는 검은 단발머리 미녀를 태운 버스가 있었다. 52번가에는 도로 청소부가 몸을 홱 피하며 "제대로 보고 다녀!"라고 서글프면서도 기분이 상한 목소리로 소리쳤다. 50번가에는 새하얀 건물 앞의 새하얀 보도 위에 서 있던 한 무리의 남자들이 뒤돌아 그들을 보며 소리를 쳤다.

"이봐, 굉장한 파티라도 벌인 모양이지!"

49번가에서 피터는 딘을 보았다.

"아름다운 아침이군."

그는 올빼미처럼 커다란 눈을 가느다랗게 뜨며 엄숙하게 말했다.

"그런 것 같아."

"가서 아침이나 먹을까?"

딘도 찬성하며 덧붙였다.

"아침 식사하면서 술도 함께."

"아침 식사하면서 술도 함께라."

피터가 되풀이했고 서로를 바라보며 고개를 끄덕였다.

"그거 논리적이군."

그리고 둘은 요란한 웃음을 터뜨렸다.

"아침 식사하면서 술도 함께라! 아, 멋진 생각인걸!"

"그렇게는 안 차려 줄 텐데."

피터가 말했다.

"그렇게 안 해 준다고? 걱정 마. 억지로라도 갖고 오게 하면 돼. 압력을 가해서라도 말이야."

"논리적인 압박을 가하라."

택시가 갑자기 브로드웨이를 벗어나 교차로를 따라 달리더니 5번가에 있는 육중한 무덤 같은 건물 앞에 정지했다.

"왜 이리로 온 거죠?"

택시 기사는 이 건물이 델모니코 호텔이라고 알려 주었다.

다소 당황스러운 일이었다. 그런 지시를 했던 것엔 분명 무슨 이유가 있었을 것이므로 둘은 몇 분 동안이나 생각을 집중해 보려고 노력했다.

"외투가 어쩌고 하는 얘기를 들었습니다."

택시 기사가 넌지시 말했다.

그랬다. 피터의 외투와 모자. 그는 델코니코 호텔에 그것들을 두고 왔던 것이다. 이렇게 결론을 내리고 둘은 택시에서 내려 나란히 팔장을 낀 채 어슬렁어슬렁 입구를 향해 걸어갔다.

"이보세요!"

택시 기사가 말했다.

"왜 그래요?"

"차비를 주셔야죠."

둘은 어리둥절하며 안 된다고 고개를 저었다.

"나중에 줄게요. 지금은 안 돼요. 명령할 테니 기다려요."

택시 기사는 안 된다고 했다. 그는 지금 당장 돈을 달라고 했다. 둘은 경멸하는 기색을 비추며 대단한 자제력이라도 발휘하는 듯 생색을 내며 돈을 지불했다.

피터는 안으로 들어가 컴컴하고 아무도 없는 휴대품 보관실에 들어가 외투와 모자를 찾아보았지만 찾을 수 없었다.

"없어졌어. 누군가 훔쳐 갔어."

"셰필드 이공대학 놈 짓이겠지."

"아마 그럴 거야."

"신경 쓰지 마. 내 것도 여기 놔둘 게. 그러면 우리 둘 다 같은 옷차림이 되잖아."

딘이 점잖게 말했다.

그는 외투와 모자를 벗어 벽에 걸려고 주위를 두리 번거리던 중 휴대품 보관소의 문에 붙은 커다란 사각형 마분지 두 장에 눈길이 멈추더니 자석에 달라붙은 듯 고정되어 버렸다. 왼쪽 문에 붙은 마분지에는 커다란 검은색 글자로 '인(In)'이라는 단어가 쓰여 있었고, 오른쪽 문에 붙은 마분지에도 똑같이 '아웃(Out)'이라는 글자가 뚜렷하게 뽐내고 있었다.

"저것 봐!"

그가 즐겁게 외쳤다.

피터의 눈길이 딘의 손가락이 가리키는 곳을 따라 갔다.

"뭐야?"

"저 표지판 좀 봐. 저거 가져가자."

"좋은 생각인데."

"어쩌면 아주 희귀하고 귀한 표지판인지도 몰라. 써 먹을 데가 있을 거야."

피터는 문에서 왼쪽 표지판을 떼어 품 안에 감추려고 했다. 하지만 크기가 상당해서 마음대로 안 됐다. 그러다 문득 아이디어가 떠올라 엄숙한 의식이라도 하는 듯한 분위기를 풍기며 그가 돌아섰다. 잠시 후 그는 극적인 동작으로 빙그르르 돌더니 두 팔을 뻗어, 감탄하고 있는 딘을 향해 자신의 모습을 보여 주었다. 그는 조끼에 표지판을 끼워 넣어 셔츠 앞부분을 가렸던 것이다. 그러자 셔츠 위에 커다란 검은 글자로 '인'이라는 단어를 쓴 것처럼 보였다.

"요호!"

딘이 환호했다.

"미스터 인."

딘도 자신의 표지판을 같은 방법으로 끼워 넣었다.

"미스터 아웃!"

그는 의기양양하게 선언했다.

"미스터 인이 미스터 아웃을 만나다."

둘은 서로 다가가 악수를 했다. 또다시 웃음이 걷잡을 수 없이 터져 나왔고 그들은 몸을 흔들어 대며 배꼽이 빠질 듯 웃었다.

"요호!"

"우리 아침을 엄청나게 많이 먹어야겠는데."

"가자……. 코모도어로."

둘은 팔짱을 끼고 문밖으로 나와 44번가에서 동쪽으로 꺾어 코모도어로 향했다.

밖으로 나왔을 때, 매우 창백하고 지친 얼굴로 보도를 따라 맥없이 배회하고 있던 키가 작고 가무잡잡한 군인이 둘을 돌아보았다.

그는 둘에게 말을 걸려는 듯 다가오고 있는데, 두 사람이 즉시 그를 누군지 모르겠다는 듯 무섭게 노려보자 그는 기다리고 있다가, 둘이 거리를 휘청휘청 걸어가자 사십 걸음 정도 떨어져서 따라가기 시작했다. 혼자서 낄낄거리며 웃기도 하고 기쁘고 뭔가를 기대하는 듯한 목소리로 "아니, 이런!" 하고 계속해서 중얼거렸다.

그러는 동안 미스터 인과 미스터 아웃은 장래 계획에 대해 즐거운 생각을 주고받았다.

"우리에겐 술이 필요해. 우리에겐 아침 식사가 필요해. 둘 중에 하나라도 빠지면 소용이 없어. 그 둘은 하나이고 나눌 수 없어."

"우린 둘 다가 필요해!"

"두 가지 다!"

이젠 날이 제법 밝아졌고 행인들은 이 두 사람을 호기심 어린 눈으로 바라보기 시작했다. 둘은 무언가 의견을 나누고 있는 게 분명했는데 그게 아주 즐거운 모양이었다. 가끔씩 너무나도 격렬하게 발작적으로 웃음이 터지는 바람에 팔짱을 긴 채로 포복절도했다.

코모도어에 이르러 둘은 잠이 덜 깬 문지기와 음담패설을 몇 마디 주고받고는 힘겹게 회전문 안으로 들어가, 로비에 드문드문 앉은 채로 놀라서 쳐다보는 사람들을 지나 식당으로 향했다. 그곳에는 의아한 얼굴의 웨이터가 눈에 띄지 않는 구석 테이블로 둘을 안내했다. 그들은 난감하다는 듯이 메뉴판을 보며 당황스러운 듯 중얼거리는 소리로 서로에게 메뉴를 읽어 주었다.

"여기 술은 없네요."

피터가 책망하는 듯 말했다. 웨이터는 그 말을 듣긴 했으나 무슨 말인지 이해하진 못했다.

"다시 말하지요."

피터가 인내심을 가지고 관대하게 말했다.

"메뉴판에 설명도 제대로 안 되어 있고 실망스럽게 술 이름도 없단 말입니다."

"이봐!"

딘이 자신만만하게 말했다.

"내가 처리할게."

그는 웨이터를 보며 말했다.

"우리에게…… 우리에게……."

그는 근심스러운 얼굴로 메뉴판을 훑어보았다.

"우리에게 샴페인 한 병과 그…… 그…… 뭐지 햄 샌드위치를 가져다주시오."

웨이터가 미심쩍은 눈빛으로 바라보았다.

"가져다 달란 말이야!"

미스터 인과 미스터 아웃이 일제히 소리를 질렀다.

웨이터는 헛기침을 하고 사라졌다. 잠시 기다리는 사이에 수석 웨이터가 눈치채지 못하게 둘을 주의 깊게 살펴보고 있었다. 잠시 후 샴페인이 도착했고 그것을 본 미스터 인과 미스터 아웃이 환호성을 질렀다.

"아침부터 샴페인을 마신다고 우리에게 반감을 가지는 사람들을 상상해 봐. 그냥 한번 상상해 보라고."

둘은 모두 그러한 멋진 가능성을 떠올리려고 집중했지만, 그건 그들에게 너무 벅찬 일이었다. 둘의 상상력을 합쳐 보아도 아침부터 샴페인을 마시는 사람을 비난하는 사람들이 존재하는 세상을 떠올리는 것은 불가능한 일이었다. 웨이터는 요란한 소리를 내며 코르크 마개를 뽑았고 두 사람의 잔에는 즉시 옅은 노란색의 거품이 일었다.

"건강을 위하여, 미스터 인."

"자네도 마찬가지로, 미스터 아웃."

웨이터가 물러나고 몇 분이 지났다. 샴페인 병은 바닥을 드러내고 있었다.

"있지…… 그거 굴욕적이야."

딘이 불쑥 말했다.

"뭐가 기분이 굴욕적이라는 거야?"

"우리가 아침부터 샴페인을 마시는 걸 사람들이 비

난하리라는 생각 말이야."

"굴욕적이라고?"

피터가 생각했다.

"그래, 말 그대로 굴욕적이군."

또다시 그들은 웃음이 터져 나와 소리를 질러 대고 몸을 떨며 서로에게 '굴욕적'이라는 말을 계속해서 되풀이하며 의자를 앞뒤로 흔들어 댔다. 그 말을 되풀이할 때마다 더욱 재치 넘치게 우스꽝스러워지기라도 하는 듯이.

즐거운 몇 분을 더 보낸 후, 둘은 또 한 병 더 마시기로 결정했다. 불안해진 웨이터가 즉시 자신의 직속상관에게 상의했으나 이 사려 깊은 상관은 샴페인을 더 내놓아서는 안 된다는 절대적인 지시를 내렸다. 그리고 계산서를 가져다주었다.

5분 후, 팔짱을 긴 채 둘은 코모도어에서 나와 42번가를 따라 호기심 어린 눈으로 쳐다보는 인파를 헤치고 나아가 밴더빌트가를 따라 빌트모어 호텔로 향했다. 그곳에 도착하자 돌연 잔꾀가 떠올라 둘은 재빨리 걸어가 몸을 부자연스레 꼿꼿이 세워 로비를 가로질러 갔다.

일단 식당으로 들어가자 그들은 자신들의 행위를 되풀이했다. 둘은 간헐적으로 발작적인 웃음을 터뜨리다가 돌연 정치와 대학과 자신들의 밝은 성격에 대해 논했다. 두 사람의 손목시계가 이제는 9시임을 알려 주자, 그들은 기억에 남을 만한 파티에 참석했고 그것을 언제나 추억하게 될 거라는 생각이 어렴풋이 들었다. 두 번째 병은 좀처럼 빨리 마시지 못했다. 둘 중 한 명이라도 '굴욕적'이라는 단어를 언급하기라도 한다면 둘 다 숨이 넘어갈 정도로 웃어 댔다. 이제 식당은 윙윙 돌며 움직였다. 이상한 경쾌함이 퍼지면서 지루한 분위기를 정화했다.

그들은 계산을 하고 로비로 걸어 나왔다.

바로 그때, 그 아침에 천 번은 돌았을 현관 출입문이 열리면서 아주 창백한 얼굴의 젊은 미인이 로비로 들어섰다. 그녀는 눈 아래에는 다크서클이 드리워져 있었고 몹시 구겨진 이브닝드레스 차림이었다. 그녀는 뚱뚱한 평범한 남자와 함께 있었는데 아무리 보아도 파트너로 어울리지 않았다.

계단 맨 꼭대기에서 이 남녀가 미스터 인과 미스터 아웃과 마주쳤다.

"이디스."

미스터 인이 그녀 앞으로 쾌활하게 다가가 크게 허리를 숙이며 인사했다.

"자기, 좋은 아침이에요."

뚱뚱한 남자가 이디스를 미심쩍은 눈길로 흘긋 보았다. 마치 이 남자를 그 자리에서 밖으로 던져 버려도 될지 허락을 구하는 눈빛이었다.

"너무 허물없이 말한 것 같네요."

피터가 다시 생각해 본 뒤에 덧붙였다.

"이디스, 좋은 아침이에요."

그는 딘의 팔꿈치를 잡고 그를 잘 보이는 곳으로 떠밀었다.

"이디스, 나의 절친한 벗 미스터 인입니다. 우린 떨어질 수 없는 친구 사이지요. 미스터 인과 미스터 아웃."

미스터 아웃이 앞으로 나서며 고개 숙여 인사했다. 사실 그는 너무 멀리 나와서 고개를 숙였기에 그의 몸이 앞으로 살짝 기울었고, 이디스의 어깨에 손을 가볍게 엎고 나서야 겨우 균형을 잡았다.

"저는 미스터 아웃입니다, 이디스."

그가 유쾌하게 웅얼거렸다.

"미스터 인과 미스터 아웃이지요."

"미스터 인과 미스터 아웃."

피터가 자랑스럽게 말했다.

하지만 이디스의 시선은 그들을 비껴서 그녀의 머리 위에 있는 복도의 무한한 점들에 곧게 고정하고 있었다. 그녀가 뚱뚱한 남자에게 가볍게 고갯짓을 하자, 그는 황소같이 성큼성큼 걸어와 완강하고 팔팔한 동작으로 미스터 인과 미스터 아웃을 양쪽으로 밀어젖혔다. 그 사이로 그와 이디스가 걸어갔다.

하지만 열 걸음을 간 곳에서 이디스가 또다시 멈추어 섰다. 멈추어 서서 키가 작고 얼굴이 가무잡잡한 군인을 지목했다. 그 사람은 대체로 군중을, 그중에서도 특히 미스터 인과 미스터 아웃의 인상적인 행보를 마력에 홀린 듯한 경외감을 가지고 어리둥절하게 바라보고 있었다.

"저기예요."

이디스가 소리쳤다.

"저기 보세요!"

그녀는 목소리를 높여 다소 날카롭게 들렸다. 그곳을 가리키고 있는 그녀의 손가락이 파르르 떨렸다.

"우리 오빠 다리를 부러뜨린 군인이에요."

열 명 정도의 사람이 외쳐 대는 소리가 들렸다. 안내 데스크 옆에 서 있던 모닝코트 차림의 남자가 자리를 떠나 민첩하게 걸어 나갔다. 뚱뚱한 남자는 키가 작고 얼굴이 가무잡잡한 군인을 향해 번개같이 달려들었고, 이내 로비 안에 작은 무리들이 여럿 생겨나 미스터 인과 미스터 아웃의 시야를 가렸다.

하지만 미스터 인과 미스터 아웃에게는 이 사건이 단지 윙윙거리며 회전하는 세상의 다채로운 무지갯 빛 일부에 지나지 않았다.

아주 큰 목소리가 들렸다. 뚱뚱한 남자가 달려드는 것이 보였고 갑자기 장면이 흐릿해졌다.

그러고 나서 그들은 하늘을 향해 올라가고 있는 엘리베이터 안에 있었다.

"몇 층에 가십니까?"

엘리베이터 안내원이 말했다.

"아무 층이나요."
미스터 인이 말했다.
"꼭대기 층이요."
미스터 아웃이 말했다.
"여기가 꼭대기 층입니다.
엘리베이터 안내원이 말했다.
"한 층 더 올라갑시다."
미스터 아웃이 말했다.
"더 높이."
미스터 인이 말했다.
"하늘까지요."
미스터 아웃이 말했다.

11

6번가 바로 옆에 있는 자그마한 호텔 침실에서 고든 스터렛이 뒤통수가 지끈거리고 온 핏줄이 욱신거리는 걸 느끼며 잠에서 깨어났다. 방 한구석에서 희미한 회색 그림자가 보였고, 오래 사용해서 속살이 드러난 가죽 의자가 보였다. 구겨진 채로 바닥에 나뒹구는 옷가지가 보였고 퀴퀴한 담배 연기와 술 냄새가 느껴졌다. 창문은 꼭 닫혀 있었다. 창밖의 밝은 햇빛은 창틀 너머로 먼지가 떠다니는 빛줄기를 쏘았다. 그 빛줄기는 그가 잤던 폭이 넓은 나무 침대의 머리 부분에서 부서졌다. 그는 매우 조용히 누워 있었다. 혼수상태에 빠진 사람처럼, 약에 취한 사람처럼. 눈은 크게 뜨고 생각은 기름칠을 하지 않은 기계처럼 거칠게 철컥거렸다.

먼지가 떠 있는 빛줄기와 커다란 가죽 의자의 찢어진 부분을 인식하고 30초가 지났을 때였을 것이다. 그는 자기 바로 옆에 생명체가 있는 것을 감지했다. 그리고 또다시 30초가 지나, 그는 주얼 허드슨과 되돌릴 수 없이 결혼해 버렸다는 사실을 깨달았다.

그는 30분 후에 밖으로 나가, 스포츠 용품점에 가서 회전식 연발 권총을 하나 샀다. 그리고 그는 택시를 타고 이스트 27번가의 자기 방으로 와서 그림 재료들이 놓여 있는 테이블 너머로 몸을 기대고는, 관자놀이 바로 위에다 총구를 겨누고 방아쇠를 당겼다.

"오, 적갈색 머리 마녀!"

1

멀린 그레인저는 문라이트 퀼 서점의 직원이었는데 어쩌면 여러분도 가 봤을지도 모를 이곳은 47번가에 있는 리츠칼튼 호텔에서 모퉁이만 돌면 바로 나온다. 문라이트 퀼 서점은 아주 낭만적인 작은 가게이고 근사하고 비밀스러운 곳으로 알려졌다. 아니, 그런 곳이었다. 내부에는 숨이 멎을 만큼 매혹적인 붉은색과 주황색의 포스터가 여기저기 붙어 있었고, 반짝거리며 반사하는 특별판의 표지들이 하루 종일 켜진 채로 머리 위에서 흔들리는 커다란 진홍색 공단 램프 못지않게 실내를 밝히고 있었다. 참으로 근사한 서점이었다.

문 위에는 '문라이트 퀼'이라는 글자가 수놓은 듯 구불구불하게 새겨져 있었다. 창가는 겨우 문학 검열을 통과한 뭔가로 항상 가득 차 보였다. 짙은 주황색 표지에, 작은 흰색 정사각형 종이에 제목을 적어 놓은 책들이었다. 그리고 무엇보다도 사향 냄새가 났는데, 영리하고 수수께끼 같은 문라이트 퀼 씨가 곳곳에 뿌리라고 지시한 것이다. 디킨스가 그린 런던의 골동품 가게의 냄새와 따뜻한 보스포루스 해안의 커피 가게의 냄새를 반씩 합친 듯한 냄새였다.

9시에서 5시 반까지 멀린 그레인저는 따분해하는 검은 옷차림의 노부인들과 눈 밑이 어둡게 그늘진 젊은이들에게 '이 작가를 좋아하는지' 또는 초판에 관심이 있는지 물었다. 표지에 아라비아인들이 그려진 소설 혹은 셰익스피어가 사우스 다코타의 서튼 양에게 초자연적으로 받아쓰게 한 최신 소네트가 실린 책을 사 갔나? 그는 코를 쿵쿵거렸다. 사실 그의 개인적인 취향은 후자에 가까웠지만, 근무 시간 동안만큼은 문라이트 퀼의 직원으로서 철저히 현실적인 전문가적 자세를 견지했다.

매일 오후 5시 반이면 그는 창가 진열대로 천천히 다가가 정면 차양을 내리고 수수께끼 같은 문라이트 퀼 씨, 여성 점원 매크래큰 양, 여성 속기사 매스터스 양에게 작별 인사를 하고 나서 그녀, 캐럴라인을 향해 집으로 갔다. 그는 캐럴라인과 함께 저녁을 먹지는 않았다. 셔츠 깃의 단추는 코티지 치즈에 닿을락 말락 하고 멀린의 넥타이 끝이 우유 잔을 아슬아슬하게 비껴가는 그의 책상에서 캐럴라인이 함께 식사할 생각을 한다는 것은 있을 수 없는 일이다. 그는 캐럴라인에게 같이 식사를 하자고 한 적이 한 번도 없다. 그는 혼자서 먹었다. 그는 6번가의 브래그도르트 식료품점으로 들어가서 크래커 한 상자, 앤초비 페이스트 한 통, 오렌지 몇 개, 그 외에도 소시지가 담긴 작은 병과 감자 샐러드 그리고 청량음료 한 병을 사서 갈색 봉투에 넣어 58번가의 오십 몇 번지의 자기 방으로 가서 저녁을 먹으며 캐럴라인을 보았다.

캐럴라인은 어떤 나이 든 여자와 함께 살고 있는 아주 젊고 명랑한 사람이었고 열아홉 살 정도 돼 보였다. 그녀는 저녁때가 되기 전까지는 나타나지 않는다는 점에서 유령 같았다. 그녀는 6시쯤 집에 조명이 켜지면 나타나 자정이 되면 결국 사라졌다. 그녀의 아파트 센트럴 파크의 남쪽 면 맞은편에 있는, 현관이 하얀 석조로 꾸며진 멋진 건물 안쪽 근사한 공간이었다. 그녀의 집 뒤쪽은 독신남 그레인저 씨가 사는 단칸방의 하나뿐인 창문과 마주하고 있었다.

그가 그녀를 캐럴라인이라고 불렀던 까닭은 문라이트 퀼 서점에 있는 책 중에서 같은 이름이 쓰어 있는 표지에 그녀를 닮은 그림이 그려진 책이 있었기 때문이다.

자, 멀린 그레인저는 스물다섯 살의 야윈 몸매의 청년이었다. 검은 머리에 콧수염이나 턱수염은 그것 비슷한 것도 없었지만, 캐럴라인은 눈부시고 빛났으며 머리카락 대신 반짝이는 적갈색 물결의 늪을 가지고 있었고, 그 모습은 어쩐지 키스를 떠올리게 했다.

첫사랑과 닮았다는 생각이 들지만 막상 옛날 사진을 봤을 때는 그렇지 않은 얼굴이었다. 그녀는 주로 분홍색이나 파란색 옷을 입었지만 요즘엔 가끔씩 날씬한 검은색 드레스를 입었다. 그 드레스는 그녀의 특별한 자랑거리임이 분명했는데, 그녀가 그 옷을 입기만 하면 벽의 특정 장소를 보며 서 있곤 했기 때문이다. 멀린은 그 특정 장소에 거울이 있을 거라고 추측했다. 그녀는 보통 창가에 놓인 의자에 앉았는데, 때로는 램프 옆에 있는 긴 의자에 영광을 주기도 했다. 뒤로 기대앉아 담배를 피우기도 했는데 그럴 때마다 팔과 손이 취하는 자세가 멀린에겐 상당히 우아하다고 여겨졌다.

한번은 그녀가 창가로 와서 기품 있는 모습으로 서서 밖을 내다보던 적도 있었다. 길 잃은 달이 기이하고 변화하는 빛을 건물 사이 통로에 떨어뜨려 쓰레기통과 빨랫줄을 선명한 인상주의 화풍의 은빛 통과 거대한 거미집으로 바꾸었다. 멀린은 잘 보이는 위치에 앉아 코티지치즈에 설탕과 우유를 뿌려 먹고 있었다. 차양을 조절하는 줄에 손을 너무 빨리 뻗는 바람에 그는 다른 손으로 코티지치즈를 무릎에 엎고 말았다. 우유는 차가웠고 설탕은 바지에 얼룩을 만들었으며 그는 결국 그녀가 자신을 봤다고 확신했다.

가끔씩 방문자들이 있었다. 야회복 차림의 남자들이 손에 모자를 들고 팔에 코트를 걸친 채 서서 고개 숙여 인사하고 캐럴라인에게 말을 했다. 그러고서 고개를 더욱 숙여 인사하고는 그녀를 따라 빛에서 벗어났는데, 연극을 보거나 춤을 추러 간 것이 분명했다. 다른 젊은 남자들이 찾아와 자리에 앉아 담배를 피웠고 캐럴라인에게 무언가를 말하려는 것 같았다. 그녀는 창가에 놓인 의자에 앉아 그들을 열심히 바라보거나 램프 옆에 있는 긴 의자에 기대앉았는데 아주 사랑스러웠고 참으로 젊은이다운 신비로움이 가득해 보였다.

멀린은 이런 방문을 즐겼다. 그가 찬성하는 몇몇 남자들에 한해서. 다른 남자들은 마지못해 참아 주었고, 한두 명은 몹시 싫었다. 특히 가장 빈번히 찾아오는 검은 머리와 검은 염소수염의 시커먼 영혼을 가진 남자는 멀린의 눈에 어렴풋이 낯익은 듯했지만 도무지 누군지 생각나지 않았다.

그렇다고 멀린의 모든 삶이 '그가 만들어 낸 이런 로맨스'에 묶인 것은 아니었다. '하루 중 가장 행복한 때'도 아니었다. 그는 캐럴라인을 '마수'에서 구하려고 제시간에 간 적도 없었고, 더더욱 결혼을 한 것도 아니다. 이런 일보다도 더 기이한 일이 일어났고, 이제 여기에

다 써 내려갈 것이 바로 그 이상한 일이다. 10월의 어느 오후에 그녀가 문라이트 퀼 서점의 근사한 내부로 활기차게 걸어 들어오던 때 일이 시작되었다.

세차게 쏟아지는 비로 세상의 마지막처럼 컴컴한 오후에, 특히 뉴욕의 오후만이 탐닉하는 우울한 잿빛의 상태에서 사건이 발생했다. 미풍에 버려진 신문지와 잡동사니들이 거리를 어지럽게 날아다녔고 모든 창문에 작은 불빛들이 켜졌다. 너무나 황량해서 누구라도 어두컴컴한 녹색과 잿빛의 하늘에서 길을 잃은 고층 빌딩의 꼭대기에게 미안할 정도였고, 이제 소극은 확실히 끝나고 곧 모든 빌딩들이 카드로 만든 집처럼 무너져 내려 빌딩을 오가던 수백만의 사람들 위로 먼지가 가득한 조소의 퇴적물이 쌓일 것만 같았다.

담비 모피로 장식한 여자의 일진광풍과도 같은 방문 후 계속해서 10여 권의 책들을 다시 제자리에 정리하느라 창가에 서 있을 때, 적어도 이런 상념이 멀린 그레인저의 영혼을 무겁게 짓누르고 있었다. 그는 H. G. 웰스의 초기 소설과 창세기와 30년 후에 이 섬에 주택은 사라지고 넓고 소란스러운 시장만 남아 있을 거라던 토머스 에디슨의 말 등 몹시 골치 아픈 생각들로 가득 차 창밖을 내다보았다. 그러고 나서 그는 마지막 책을 제자리에 놓고는 돌아섰고, 캐럴라인이 서점 안으로 차분히 들어섰다.

그녀는 멋은 부렸지만 평범하고 가벼운 옷차림이었고 이 사실은 그가 나중에 당시를 생각했을 때 기억났다. 그녀의 치마는 격자무늬였고 아코디언처럼 주름이 잡혀 있었다. 그녀의 재킷은 부드러웠지만 환한 황갈색이었다. 신발과 각반은 갈색이었고 작고 단정한 모자는 그녀를 아주 사치스럽고 아름답게 채워진 사탕 상자의 뚜껑처럼 그녀를 완성해 주었다.

숨이 멎을 만큼 놀란 멀린이 긴장해서 그녀를 향해 다가갔다.

"안녕하세요."

그는 말을 건네고 자리에 멈춰 섰다. 왜인지는 알 수 없었지만 그의 인생에서 아주 놀라운 어떤 일이 막 일어나려는 것과, 침묵과 적절한 만큼의 관심을 제외하고는 다른 겉치레는 필요 없다는 것은 알 수 있었다. 그리고 그 일이 일어나기 직전의 1분 동안 그는 숨이 멎을 것 같은 1초 1초가 시간에 매달려 정지한 느낌이 들었다. 작은 사무실을 구획하고 있는 유리 칸막이 너머로 그의 사장 문라이트 퀼 씨가 심술궂은 원뿔형 머리를 서신 위로 숙이고 있는 것을 보았다. 그는 매크래큰 양과 매스터스 양이 머리카락을 덧댄 두 개의 조각처럼 종이 더미 위로 머리를 숙이고 있는 것을 보았다. 그는 머리 위로 진홍색 등을 보았고 실제로 그것이 서점을 얼마나 쾌적하고 로맨틱하게 보이도록 하는지 알게 되어 기뻤다.

그러다 그 일이 일어났다. 아니, 일어나기 시작했다고 하는 편이 나을지도 모르겠다. 캐럴라인이 책 더미 위에 아무렇게나 놓여 있던 시집 한 권을 집어 들고 하얗고 가냘픈 손으로 무심히 만지작거리더니 갑자기 쉬운 동작으로 그것을 천장을 향해 위로 던져 버렸고, 그것은 진홍색 등 안으로 사라져 빛나는 공단 갓에 어둡고 불룩한 직사각형 그림자를 보이며 박혀 버렸다. 이것이 그녀를 기쁘게 했는지 그녀는 어린아이 같은 전염성 있는 웃음을 터뜨리기 시작했고 멀린은 자신도 그 일에 즐겁게 동참하고 있음을 발견했다.

"저 위에 박혀 버렸네요."

그녀는 즐겁게 외쳤다.

"저 위에 박혀 버렸어요, 그렇죠?"

둘에게 이 상황은 더없이 멋지고 엉터리 같은 일처럼 느껴졌다. 그들의 웃음소리가 뒤섞여 서점을 채웠고 멀린은 그녀의 목소리가 낭랑하고 마법 같은 기운으로 가득하다는 것을 알게 되어 기뻤다.

"또 해 봐요."

그는 이렇게 제안하고 있는 자신을 발견했다.

"빨간 책을 던져 봐요."

그러자 그녀의 웃음소리는 더욱 커졌고 그녀는 손을 책 더미 위에 얹어 몸을 가누어야만 했다.

"또 해 보라니요."

그녀는 터져 나오는 웃음 사이로 발음을 분명히 하느라 애를 먹었다.

"두 권 더 해 봐요."

"좋아요, 두 권 더 하죠. 아휴, 웃음을 멈추지 않으면 질식하고 말 거예요. 자, 던집니다."

말한 대로 그녀는 빨간 책을 집어 들어 완만한 곡선

을 그리며 천장으로 던졌고 책은 등 안으로 들어가 처음에 던진 책 옆에 자리를 잡았다. 몇 분 동안 두 사람은 기쁨을 주체하지 못하고 앞뒤로 몸을 흔들어 댈 수밖에 없었지만 이내 두 사람은 그 장난을 다시 하기로 서로 합의했다. 멀린은 특별히 제본된 커다란 프랑스 고전을 집어서 위쪽으로 곡선을 그리며 던졌다. 자신의 정확도에 갈채를 보낸 후, 그는 한 손에는 베스트셀러를 또 한 손에는 어패류에 관한 책을 들고서 캐럴라인이 책을 날리는 동안 숨죽여 기다렸다. 그러자 상황은 빠르고 맹렬히 전개되었다. 이따금 그들은 한 번씩 번갈아 던졌고, 그녀를 지켜보던 그는 그녀의 모든 동작이 얼마나 유연한지 알게 되었다. 때때로 둘 중 하나가 연달아 던지기도 했는데, 가장 가까운 책을 집어 던져 올리고 위에 올라간 것을 확인하자마자 또 던지는 식이었다. 3분 만에 그들은 테이블의 작은 공간을 텅 비웠고 진홍색 공단 등은 책으로 불룩해져 찢어질 지경이었다.

"바보 같은 경기예요, 농구는요."

손에서 책 한 권을 떠나보내며 그녀는 비웃듯이 외

194

쳤다.

"고등학교 여학생들은 끔찍한 반바지를 입고 그걸 하잖아요."

"멍청한 짓이죠."

그도 맞장구쳤다. 그녀는 책을 던지려다가 멈추어 돌연히 그것을 테이블 위 제자리에 놓았다.

"이제야 같이 앉을 자리가 생겼네요."

그녀가 진지하게 말했다.

그랬다. 그들은 둘이 앉기에 충분한 자리를 비워 낸 것이다. 멀린이 살짝 긴장한 시선으로 문라이트 퀼 서점의 유리 칸막이 쪽을 보니 세 사람의 머리는 일에 열중하느라 아직도 숙여진 채 있었고, 그들은 가게에서 무슨 일이 일어났는지 보지 못한 것이 분명했다. 그래서 캐럴라인이 테이블 위에 두 손을 짚고 몸을 들어 올리자 멀린도 조용히 그녀를 따라했고, 그들은 나란히 앉아 매우 진지하게 서로를 바라보았다.

"난 당신을 만나야만 했어요."

그녀는 갈색 눈동자에 애처로움을 담아 말을 꺼냈다.

"나도 알아요."

"지난번이었어요."

그녀는 진정하려고 애써도 약간 떨리는 목소리로 말을 이었다.

"나는 겁이 났어요. 나는 당신이 책상에 앉아 밥을 먹는 게 마음에 들지 않아요. 나는 당신이, 당신이 옷깃의 단추라도 삼킬까 봐 겁이 났어요."

"그런 적이 있어요. 거의 삼킬 뻔했죠."

그는 마지못해 사실대로 말했다.

"하지만 당신도 알다시피 그게 쉬운 일은 아니에요. 내 말은 납작한 부분이나 또 다른 부분은 쉽게 삼킬 수 있어요. 그러니까 따로따로 말이에요. 하지만 단추를 통째로 삼키려면 특수 제작한 목구멍이 필요할 거예요."

그는 자신이 정중하면서도 적절하게 말한 것에 스스로도 놀랐다. 평생 처음으로 낱말들이 그에게로 달려와 써 달라고 아우성치고, 알아서들 분대와 소대로 질서정연하게 정렬하고, 꼼꼼한 부관이 문장을 그의 앞에 선사한 것 같았다.

"바로 그게 두려웠던 거예요."

그녀는 대답했다.

"당신에게 특수 제작한 목구멍이 필요하다는 걸 알았어요. 그리고 나는 적어도 확실히 느끼기에 당신에게 그런 목구멍이 없다는 것도 알고 있었어요."

그는 솔직하게 고개를 끄덕였다.

"없죠. 그런 걸 가지려면 돈이 많이 들죠. 안타깝게도 내가 가진 것보다 더 많은 돈이요."

그는 이런 말을 하는 게 부끄럽지 않았다. (오히려 시인하면서 기쁨을 느꼈다.) 그는 무슨 말을 하고 어떤 행동을 하든 그녀가 이해 못 할 것은 없다고 생각했다. 특히, 그의 가난이나 그 가난에서 벗어날 현실적인 가능성이 없다는 것도.

캐럴라인은 손목시계를 내려다보고는 작게 비명을 지르며 테이블에서 내려섰다.

"5시가 넘었어요."

그녀는 외쳤다.

"몰랐어요. 리츠칼튼에 5시 반까지 가기로 했는데. 서둘러 이 일을 끝내기로 해요. 내기를 했거든요."

두 사람은 일제히 일에 착수했다. 캐럴라인은 곤충에 관한 책을 잡아 휙 소리 나게 던졌는데 그만 문라이

197

트 퀼 씨가 있던 유리 칸막이를 작살내고 말았다. 그 주인은 성난 눈으로 한번 쏘아보고는 책상에서 유리 조각들을 쓸어 내고 계속해서 편지를 읽었다. 매크래큰 양은 소리를 들은 척도 하지 않았고 매스터스 양만이 깜짝 놀라 작게 비명을 지르고는 다시 고개 숙여 자기 업무를 했다.

하지만 멀린과 캐럴라인에게 그건 문제가 되지 않았다. 기운이 마구 넘쳐흐르는 즐거움에 빠져 그들은 계속해서 책을 사방으로 던져 이따금 한꺼번에 서너 권이 공중에 있던 적도 있었다. 선반을 맞히고 벽의 액자유리를 부수고, 찌그러지고 찢긴 채로 바닥에 쌓였다. 손님이 아무도 들어오지 않아서 다행이었다. 왜냐하면 들어왔다면 다시는 찾아오지 않을 것이기 때문이다. 굉장히 시끄러웠다. 부딪히고 찢기고 뜯기는 소리에, 가끔 유리가 쨍쨍 울리는 소리, 던지는 두 사람의 가쁜 호흡, 주기적으로 그들에게 닥쳐오는 간헐적으로 터져 나오는 웃음소리가 섞였다.

5시 반에 캐럴라인은 등에 마지막 책을 던졌고 등에 실린 무게에 마지막 충격을 주었다. 비단이 더 이상 지탱하지 못하고 찢어져 이미 어질러진 바닥에다 흰색과 각색의 방대한 짐을 좌르륵 쏟아 내렸다. 그러고 나서 그녀는 안도의 한숨을 내쉬고 멀린을 돌아보며 손을 내밀었다.

"안녕."

그녀가 짤막하게 말했다.

"가는 거예요?"

그는 그녀가 간다는 걸 알았다. 그의 질문은 단지 그녀를 붙잡아 그녀의 존재로부터 뿜어져 나오는 눈부신 빛의 정수를 조금이라도 더 느끼고, 마치 입맞춤과도 같은, 그가 생각하기에 그가 1910년쯤에 알았던 소녀의 모습 같은 그녀의 얼굴에서 느끼는 자신의 크나큰 만족감을 조금이라도 더 얻기 위해 시간을 오래 끌려는 술수에 지나지 않았다. 잠깐 그는 그녀의 부드러운 손을 꽉 잡았고 이내 그녀는 미소를 지으며 손을 빼고는 그가 문을 열려고 일어서기도 전에 직접 문을 열고 47번가를 좁게 물들이고 있는 음산하고 불길한 석양 속으로 사라져 버렸다.

미인이 세월의 지혜를 어떻게 대하는지를 알게 된

멀린이 문라이트 퀼 씨의 작은 칸막이로 걸어 들어가서 그 자리에서 일을 그만두고 훨씬 더 세련되고 고상하고 한층 더 신랄한 사람이 되어 거리로 나서다고 말하고 싶다. 그러나 진실은 훨씬 더 상부석인 것이었다. 멀린 그레인저는 자리에 서서 실내를 온통 뒤덮고 있는 무지갯빛 먼지 속에서 파손된 책들, 한때는 아름다웠던 진홍색 등의 찢어진 공단 조각, 수정처럼 흩뿌려진 깨진 유리 조각으로 엉망이 된 서점의 잔해를 둘러보았다. 그러고 그는 빗자루를 보관하고 있는 구석으로 가서 청소하고 다시 배열하기 시작했고, 할 수 있는 한 서점을 예전의 상태로 복구하려고 했다. 그는 몇 안 되는 책들은 손상되지 않았지만 대부분은 각자 다양하게 고통받은 것을 알았다. 속지가 떨어져 나가고 책장들이 찢겨 나간 것이 있는가 하면 앞표지만 살짝 금 간 것도 있었지만 부주의하게 책을 보고 환불하러 오는 사람들은 알고 있듯이 이런 책은 판매할 수 없어 중고가 되어 버린다.

　그럼에도 6시 무렵에는 망가진 서점이 많이 복구되었다. 그는 책들을 원래 있던 곳에 돌려놓고 바닥을 쓸

200

고 천장의 소켓에 새 전구를 끼워 넣었다. 붉은 전등갓은 돌이킬 수 없이 망가졌고 멀린은 그것을 교체하는 비용을 자신의 봉급에서 내야 할지도 모른다는 생각을 하니 겁이 났다. 6시가 되자 최선을 다한 멀린은 가게 앞쪽 창가로 가서 차양을 내렸다. 조심조심 뒷걸음을 치던 그는 문라이트 퀼 씨가 자리에서 일어나 외투를 입고 모자를 쓰고 서점으로 들어오는 것을 보았다. 그는 멀린을 보고 불가사의하게도 머리를 끄덕하고는 문 쪽으로 갔다. 손잡이를 잡고 멈추더니 돌아서서 기묘하게도 매섭고 불안함이 섞인 목소리로 말했다.

"그 아가씨가 다시 여기 오면 행동 똑바로 하라고 그래."

그러고는 그는 문을 열고 나갔다. 멀린이 기어들어 가는 목소리로 "네, 알겠습니다."라고 한 말은 문이 삐걱거리는 소리에 묻혀 들리지 않았다.

멀린은 한동안 거기에 서서 현재로서는 미래에 일어날지도 모르는 일에 대해서는 걱정하지 않기로 현명한 판단을 하고 서점 뒤쪽으로 가서 매스터스 양에게 펄팻 프랑스 레스토랑에서 같이 저녁을 먹자고 했다. 그곳에서는 위대한 연방 정부의 방침에도 불구하고 저녁에 레드 와인을 마실 수 있었다. 매스터스 양은 그러기로 했다.

"와인을 마시면 온몸이 따끔거려요."

그녀가 말했다.

멀린은 그녀를 캐럴라인과 비교하면서 속으로 웃었다. 아니 그녀와 비교한 건 아니었다. 비교할 수가 없었다.

2

문라이트 퀼 씨는 신비에 싸여 있고 이국적이고 동양적인 기질을 가지고 있었음에도 결단력 있는 인물이었다. 그리고 망가진 서점 문제에도 그런 결단력으로 대처했다. 그의 전체 재고의 원가와 맞먹는 지출을 하지 않는 한 (어떤 사적인 이유로 취하고 싶지 않은 방법이었다.) 예전처럼 문라이트 퀼 서점 사업을 계속할 수 있는 것은 불가능했다. 오직 한 가지 방법만 있었다. 그는 자신의 신간 서점을 중고 서점으로 재빨리 바꾸었다. 손상된 책은 25에서 50퍼센트까지 가격을 낮추었고, 한때 문 위에서 그토록 눈부시게 빛나던 수놓은 듯 구불구불한 가게 이름이 칙칙해지고 이루 말할 수 없이 흐릿한 오래된 페인트 색을 띠도록 놔두었다. 격식을 중요시하기에 주인은 싸구려 펠트로 만든 빨간 베레모까지 두 개 샀다. 하나는 자기가 쓸 것이고 하나는 자신의 점원 멀린 그레인저가 쓸 것이었다. 거기에다 그는 염소수염을 늙은 참새의 꼬리 깃털처럼 보일 때까지 길렀고 말쑥한 양복 대신 존경심을 불러일으키는 반들거리는 알파카 옷을 입었다.

사실, 캐럴라인이 서점에 재앙과도 같은 방문을 한 후 1년 동안 서점에서 시대에 걸맞은 겉모습을 조금이나마 유지한 사람은 매스터스 양뿐이었다. 매크래큰 양은 문라이트 퀼 씨를 따라 견딜 수 없이 촌스러워졌다.

멀린 역시 충성심과 무성의가 뒤섞인 감정으로 자신의 외모를 돌보지 않은 정원과 비슷한 모양이 되도록 내버려 두었다. 그는 빨간 베레모를 그의 쇠퇴의 상징으로 받아들였다. 항상 '마약 밀매상'이라는 별명이 붙어 다녔던 그였지만 뉴욕 고등학교의 공작과를 졸업한 날 이래로 옷과 머리와 치아, 심지어는 눈썹까지 버릇처럼 솔질을 했고 양말 서랍이라고 불려도 좋을 서랍장의 특정 한 칸에 세탁한 양말을 발가락은 발가락 위에, 뒤꿈치는 뒤꿈치 위에 정돈하는 일의 가치를 터득했다.

그는 이런 점 때문에 자신이 문라이트 퀼 서점이라는 가장 화려한 곳에 일자리를 얻을 수 있었다고 생각했다. 이런 습관들 덕분에 그는 고등학교에서 배운 숨막힐 정도로 실용적인 '물건을 보관하는 데 유용한 서랍장'을 만드는 일을 하지 않아도 되었고, 그런 서랍장을 쓸 사람(장의사일지도 모르는)에게 파는 일을 하지 않아도 되었다. 그럼에도 진보적인 문라이트 퀼 서점이 복고풍의 문라이트 퀼 서점으로 변모할 때 그는 그것과 함께 침몰하는 편을 택했고 자신의 정장을 성긴 공기의 무게에 축 처지도록 놔두고 양말을 셔츠 서랍, 속옷 서랍에 아무렇게나 던져 놓고 심지어는 서랍에 아예 넣지도 않았다. 예전과 달리 부주의해진 그는 깨끗한 옷을 입지도 않고 다시 세탁하는 일도 흔하지 않왔다. 궁핍한 독신 남자들에게서 나타나는 흔한 기행이었다. 그가 좋아하는 잡지와도 반하는 행동이었는데, 그 잡지는 그 당시 성공한 작가들이 구제할 수 없이 가난한 자들의 무서우리만큼 뻔뻔함을 비난하며 착용감 좋은 셔츠와 좋은 부위의 고기를 사는 방법과 이자 4퍼센트인 저축 은행보다는 개인의 보석에 투자하는 편을 선호한다는 사실을 다룬 것이었다.

경건히 살아가는 훌륭한 사람에게는 실로 이상하고 유감스러운 상황이었다. 공화국 역사상 처음으로 조지아 북쪽에 사는 흑인이라면 누구라도 1달러짜리 지폐를 잔돈으로 바꿀 수 있었다. 그러나 그 당시에 센트는 중국 동전의 구매력을 급속히 따라잡고 있었고, 이따금 음료수 한 잔을 사고 나면 돌려받는 것이었고, 원래의 몸무게로 늘리는 데에만 쓰이는 것이어서 처음 보았을 때만큼 이상한 현상은 아니었다. 그러나 멀린 그레인저가 매스터스 양에게 프러포즈라는 위험하기 짝이 없고 거의 본의 아니게 한 행동은 더욱 기이한 상태였다. 훨씬 더 기이한 것은 그녀가 그를 받아들였다는 것이다.

프러포즈를 한 것은 일요일 저녁 펄팻 레스토랑에서 식탁용 포도주를 섞은 1달러 75센트짜리 물을 마시면서였다.

"와인을 마시면 온몸이 따끔거려요. 당신은 그렇지 않나요?"

매스터스 양이 명랑하게 재잘댔다.

"그래요."

멀린이 멍하니 대답했다. 그리고 이내 길고 의미심장한 침묵을 유지하고 나서 말했다.

"매스터스 양, 올리브, 들어 주신다면 당신에게 하고 싶은 말이 있어요."

(무슨 일이 날지 알고 있었던) 매스터스 양은 따끔거림이 심해졌고 자신의 긴장된 반응에 금방이라도 감전될 지경에 이르렀다. 하지만 내부의 교란에 대한 반응이나 미동도 없이 "네, 멀린."이라는 대답이 나왔다. 멀린은 입안에서 길을 잃은 공기를 꿀꺽 삼켰다.

"저에게 큰 재산은 없습니다."

그는 공식 발표를 하는 태도로 말했다.

"돈은 하나도 없어요."

그들의 눈이 마주쳐 서로 얽히더니 탐하는 듯 꿈꾸는 듯 아름답게 변했다.

"올리브, 당신을 사랑해요."

그가 말했다.

"나도 당신을 사랑해요, 멀린."

그녀는 짤막하게 대답했다.

"와인 한 병 더 마실까요?"

"좋아요."

그는 외쳤고 그의 가슴은 몹시 빠르게 뛰었다.

"그 말은……."

"우리의 약혼을 위해 건배해요."

그녀가 용감하게 끼어들었다.

"약혼 기간이 얼른 끝나기를!"

"안 돼요!"

그는 거의 소리치다시피 하며 자신의 주먹으로 테이블을 세게 내리쳤다.

"영원히 계속되기를!"

"뭐라고요?"

"제 말은, 그러니까 나는 당신 말이 무슨 뜻인지 알

겠어요. 당신 말이 맞아요. 약혼 기간이 짧아야죠."

그는 웃으며 덧붙였다.

"제가 착각했네요."

와인이 나온 뒤 그들은 그 문제를 상세히 의논했다.

"먼저 작은 아파트를 구해야 해요."

그가 말했다.

"내가 사는 곳에 작은 아파트가 분명 있을 거예요. 큰 방이 하나 있고 옷 방 겸 간이 부엌이 있고 같은 층에 욕실을 쓸 수가 있어요."

그녀는 행복하게 손뼉을 쳤고 그는 그녀가 실제로 얼마나 예뻤는지를 생각했다. 그러니까 그녀의 얼굴 위쪽 말이다. 콧잔등 아래는 제대로 자리 잡히지 않은 듯했다. 그녀는 열성적으로 말을 이었다.

"그러고 형편이 나아지는 대로 엘리베이터와 전화 교환원이 있는 더 좋은 아파트로 가는 거예요."

"그러고 나서 교외에 집을 사고 차도 사요."

"이보다 더 재미있는 일은 상상이 안 돼요. 당신은 상상이 돼요?"

멀런은 잠시 입을 다물었다. 그는 건물 4층 뒤편에

있는 자신의 방을 포기해야 할 거라는 생각을 했다. 그러나 지금 그건 문제가 되지 않았다. 지난 1년 반 동안, 사실 문라이트 퀼 서점에 캐럴라인이 왔던 그날부터 그는 그녀를 본 적이 없었다. 그날의 방문 이후 일주일 동안 그녀의 집에 전등이 켜지지 않았다. 어둠이 건물 사이 통로를 뒤덮고 커튼이 쳐지지 않은 기대에 찬 그의 창문을 더듬는 것 같았다. 불은 마침내 켜졌고 캐럴라인과 그녀의 손님들 대신에 촌스러운 가족을 담고 있었다. 뻣뻣한 콧수염을 기른 작은 남자와 가슴이 풍만하고 저녁마다 허리를 두드리며 골동품의 위치를 옮기는 여자였다. 그들이 오고 이틀 후 멀린은 냉정하게 차양을 내려 버렸다.

아니, 멀린은 올리브와 함께 이 세상에서 출세하는 것보다 더 재미있는 것은 생각도 할 수 없었다. 교외에 작은 집을 얻을 테고, 그것은 녹색 지붕에 하얀 벽돌로 치장한 집들보다 바로 한 단계 낮은 푸른 칠을 한 집이겠지. 집 주위 잔디에는 녹슨 모종삽과 부서진 녹색 벤치, 왼쪽으로 내려앉은 버들 세공의 유모차가 놓여 있을 것이다. 잔디밭과 유모차와 집 그리고 그의 모든 세계를 둘러싼 것은 올리브와 조금 살찐 새로운 올리브의 시대를 맞은 그녀의 팔일 것이다. 그녀가 걸어올 때 얼굴 마사지를 너무 많이 한 그녀의 두 뺨은 약간씩 출렁일 것이다. 그와 숟가락 두 개 길이만큼 떨어진 곳에서 그녀의 목소리가 들려왔다.

"당신이 오늘 밤에 이 말을 꺼낼 줄 알고 있었어요, 멀린. 난 알 수……."

그녀는 알 수 있었단다. 아, 문득 그는 그녀가 얼마나 많이 알고 있을지 궁금했다. 그녀는 세 명의 남자 무리와 함께 들어와서 옆 테이블에 앉은 여자가 캐럴라인이라는 것도 알 수 있었을까? 올리브는 그것도 알고 있었을까? 남자들이 펄팻의 붉은 잉크를 세 배 농축한 것보다 더 독한 술을 가져온 것도 알 수 있었을까?

올리브가 꿀벌처럼 쉬지 않고 기억에 남을 이 시간의 달콤함을 빨고 있는 동안 멀린은 숨을 죽이고 바라보면서 그녀의 낮고 부드러운 독백을 공기의 명한 울림 사이로 반쯤 흘려듣고 있었다. 멀린은 얼음이 쨍쨍 부딪히는 소리와 그 네 사람이 어떤 농담에 웃음을 터뜨리는 것을 듣고 있었다. 그리고 그가 익히 알고 있던 캐럴라인의 웃음은 그를 휘저으며 들어 올렸고 그의 마음을 그녀가 있는 테이블로 긴박하게 불렀다. 그리고 그의 마음은 순순히 따라갔다. 그는 그녀를 꽤 분명히 볼 수 있었고 지난 1년 반 동안 약간이지만 그녀가 변했다는 생각이 들었다. 조명 때문이었을까 아니면 그녀의 뺨이 조금 야위고 눈에 생기가 줄어서일까, 나이보다는 술 때문일까? 그렇지만 그녀의 적갈색 머리카락에는 여전히 보랏빛 그늘이 드리워져 있었다. 그녀의 입은 여전히 키스를 떠올렸고 더 이상 진홍색의 등이 관장하지 않는 서점에 황혼이 찾아왔을 때 줄지어 꽂혀 있던 책들을 바라보던 그의 시선을 이따금 가로막던 옆모습도 그대로였다.

그리고 그녀는 이미 술을 마시고 온 것 같았다. 세 배나 붉게 물든 뺨은 젊음과 와인과 질 좋은 화장품의 합작품이었다는 걸 그는 알 수 있었다. 그녀는 왼쪽의 젊은 남자와 오른쪽의 풍채 좋은 사람에게 크나큰 즐거움을 선사하고 있었고, 맞은편에 앉아 있는 늙은이에게도 마찬가지였다. 후자는 때때로 깜짝 놀라면서도 온화하게 다른 세대를 나무라며 웃었기 때문이다. 그녀가 드문드문 부르는 노랫말이 멀린의 귓전을 스쳤다.

"근심거리는 그냥 손가락으로 튕겨 버리세요. 도착하기 전엔 다리를 건너지 마세요."

풍채 좋은 남자는 그녀의 유리잔을 차가운 호박색으로 채웠다. 웨이터 한 사람이 그 테이블로 여러 번 가서, 이런저런 요리의 육즙에 대한 명랑하고 쓸데없는 질의를 하는 캐럴라인을 무기력한 눈빛으로 쳐다보고는 겨우 주문 비슷한 것을 받아 서둘러 사라졌다.

올리브는 멀린에게 말하고 있었다.

"그럼 언제요?

그녀가 물었고 그녀의 목소리는 실망으로 어렴풋이 그늘져 있었다. 그는 자기가 그녀의 물음에 안 된다고 대답했다는 걸 알아챘다.

"아, 언젠가는요."

"당신한텐 상관없는 일인가요?"

그 질문에 깃든 다소 애처로운 통절함이 그의 시선을 다시 그녀에게로 되돌렸다.

"가능한 한 빨리하지요."

그는 놀라울 만큼 부드럽게 대답했다.

"두 달 후 6월에요."

"그렇게나 빨리요?"

그녀는 기뻐서 흥분한 나머지 숨이 멎을 것만 같았다.

"아, 네, 나도 6월이 좋을 것 같아요. 기다릴 필요가 뭐 있나요."

올리브는 두 달은 준비하기에 실로 너무 짧은 시간이라고 생각하는 체하기 시작했다. 그는 정말 못 말리는 남자야! 아무리 그래도 그렇지, 그렇게 참을성이 없다니! 음, 그렇다면 그녀는 그가 자기를 그렇게 서둘러 가질 수 없다는 걸 보여 줄 생각이었다. 실제로 그가 너무 갑작스럽게 청혼하는 바람에 그녀는 그와 결혼해야 할지 말지도 확실하게 몰랐다.

"6월이에요."

그가 단호하게 반복했다.

올리브는 한숨을 쉬고 미소를 짓더니 커피를 마시며 새끼손가락을 나머지 손가락들 위로 참으로 세련되게 올렸다. 멀린은 다섯 개의 고리를 사서 거기에 던지고 싶다는 생각이 불쑥 들었다.

"어이쿠!"

그는 크게 소리 질렀다. 그는 곧 그녀의 손가락에다 반지를 끼워 줘야 했다.

그의 시선이 오른쪽으로 휙 움직였다. 네 명의 일행이 너무 떠들어 대서 수석 웨이터가 다가와 그들에게 주의를 주었다. 캐럴라인은 이 수석 웨이터에게 격앙된 목소리로 쏘아붙였고, 그 목소리는 너무나 청명하고 기운차서 온 레스토랑의 사람들이 들을 것만 같았다. 자신의 새로운 비밀에 마음을 뺏긴 올리브 매스터스를 제외하고 온 레스토랑의 사람들이 말이다.

"안녕하세요?"

캐럴라인이 말했다.

"포로로 잡힌 수석 웨이터 중에서 가장 잘생긴 분인 것 같네요. 너무 시끄럽다고요? 몹시 안타깝네요. 뭔가 대책이 필요하겠군요. 제럴드."

그녀는 오른쪽에 앉은 남자에게 말했다.

"수석 웨이터가 너무 시끄럽다고 하네요. 우리더러 그만하라고 요구하는데 뭐라고 말해 줄까요?"

"쉿!"

제럴드가 웃으며 타일렀다.

"쉿!"

그리고 멀린은 그가 나직하게 덧붙이는 말을 들었다.

"모든 부르주아들이 들고 일어나겠어. 여기는 지배인이 프랑스어를 배우는 곳이야."

캐럴라인은 갑자기 정신을 차리며 똑바로 앉았다.

"지배인은 어디 있어요?"

그녀가 소리쳤다.

"지배인 좀 오라고 해요."

이 말이 캐럴라인을 포함한 그 일행 전체를 즐겁게 했는지 다시 웃음을 터뜨렸다. 수석 웨이터는 마지막으로 성실하지만 가망 없는 권고를 한 후 프랑스 인처럼 어깻짓을 하고는 눈에 띄지 않는 곳으로 물러갔다.

펄팻 레스토랑은 다들 알고 있듯이 변함없이 정찬을 제공하는 곳이다. 일반적인 의미에서 즐거운 곳은 아니다. 사람들은 이곳에 와서 낮고 연기가 가득한 천장 아래에서 레드 와인을 마시고 다른 때보다 좀 더 많이 그리고 좀 더 큰 소리로 이야기를 하고 난 뒤 집으로 간다. 이곳은 9시 반이 되면 어김없이 문을 닫는다. 경찰에게 돈을 주고 부인에게 갖다 줄 여분의 와인을

215

챙겨 주고 외투 보관실 아가씨가 받은 팁을 수금원에게 건네고 나면 어둠이 작은 원탁을 시야와 존재에서 사라지게 한다. 하지만 오늘 저녁 펄펫 레스토랑에 흥미로운 일이 벌어질 예정이었다. 그것도 아주 다채롭게. 보랏빛 그늘이 드리운 적갈색 머리의 여자가 테이블 위로 올라간 것도 모자라 춤까지 추기 시작한 것이었다.

"사크레 농 드 디외!(맙소사!) 거기서 내려오세요!"
수석 웨이터가 외쳤다.
"그 음악 좀 멈춰요!"
하지만 악사들은 이미 너무 크게 연주를 하고 있어서 그의 명령이 들리지 않는 척할 수 있었다. 한때 젊은 시절이 있던 그들은 그 어느 때보다 더 크고 흥겹게 연주했고, 캐럴라인이 우아하고 명랑하게 춤을 추자 얇은 분홍색 드레스가 그녀의 주위로 소용돌이쳤고 그녀의 날랜 팔은 연기가 자욱한 공기 속에서 나긋나긋한 춤동작을 펼쳤다.

근처 테이블의 프랑스 인 일행이 갈채를 보내기 시작했고 다른 일행들도 합세해 식당은 순식간에 박수와 함

216

성으로 가득해졌다. 식사하던 사람들의 반은 자리에 일어나 몰리기 시작했고 외곽에서는 황급히 불려 온 사장이 가능한 한 이 사태를 끝맺고 싶은 바람을 잘 들리지 않는 목소리로 전했다.

"멀린!"

올리브가 소리쳤다. 정신을 차리고 결국 흥분해서.

"정말 사악한 여자네요! 우리 나가요, 당장!"

이미 마음을 사로잡혀 버린 멀린은 아직 계산을 하지 않았다며 슬며시 저항했다.

"괜찮아요. 테이블 위에 5달러를 올려놔요. 저 여자 정말 싫네요. 도저히 참고 봐줄 수가 없어요."

그녀는 일어나서 멀린의 팔을 끌어당겼다.

어쩔 수 없이, 마지못해, 그리고 순전히 타의에 의해 멀린은 일어서 광란의 아우성을 뚫고 가는 올리브를 말없이 따라갔다. 그 아우성은 이제 절정에 이르러 좀처럼 잊기 어려운 난동으로 번지고 있었다. 그는 순순히 외투를 들고 대여섯 개의 계단을 비틀거리며 올라습한 4월의 바깥공기 속으로 들어갔고 그의 귓전엔 아직도 테이블 위의 가벼운 발걸음 소리와 카페라는 작은 세상을 가득 채운 웃음소리가 울렸다. 그들은 버스를 타러 5번가로 말없이 향했다.

이튿날이 돼서야 그녀는 그에게 결혼식에 대해 말했다. 날짜를 앞당겼다는 것이다. 5월 1일에 결혼을 하는 것이 훨씬 좋을 거라면서.

3

그러고 그들은 다소 케케묵은 방식으로 결혼식을 올렸다. 올리브가 어머니와 함께 살던 아파트의 샹들리에 아래에서. 결혼식 후에는 기쁨이 몰려오더니 이내 피로감이 점점 커져 갔다. 책임감이 멀린을 엄습했다. 보기 좋게 살을 찌우고, 또 살이 쪘다는 흔적을 가려 줄 괜찮은 옷을 사려면 그가 주급 30달러를, 그녀가 20달러를 벌어야 한다는 책임감이었다.

여러 식당을 다니며 비참하고 거의 굴욕에 가까운 실험을 몇 주간이나 한 후 그들은 식료품점에서 음식을 조달해 먹는 거대한 대열에 합류하기로 했다. 그래서 그는 다시 예전에 하던 방식대로 매일 저녁 브래그 도르트 식료품점에 들러 감자 샐러드와 얇게 저민 햄을 샀고, 가끔은 충동적으로 사치를 부려 속을 채운 토마토를 사기도 했다.

그러고 나서 무거운 발걸음으로 집으로 돌아와 어두운 현관에 들어선 다음, 무늬가 없어진 지 오래된 낡은 양탄자가 깔린 곧 부서질 것 같은 계단 세 칸을 올랐다. 복도에는 1880년의 채소, '아담과 이브'라는 별명이 붙었던 브라이언이 윌리엄 매킨리를 상대로 출마했던 시절에 유행했던 가구 광택제, 먼지로 1온스는 더 무거워진 칸막이 커튼, 낡아 빠진 구두와 오래전에 퀼트 조각이 되어 버린 치마의 보푸라기에서 나는 것 같은 오래된 냄새가 났다. 이 냄새는 그가 계단을 오를 때 따라와 계단참에 이르렀을 때 현대 요리의 풍미로 살아나 코와 혀를 자극했고 곧 그가 다음 계단을 오르기 시작하면 죽은 세대들의 죽은 일상의 악취로 옅어졌다.

마침내 그의 방문이 나타나면 문은 볼품없이 저절로 열렸다가 그가 "안녕, 여보! 오늘 저녁 당신이 먹을 맛있는 음식을 사 왔어요."라고 하면 거의 쿵쿵거리는 소리를 내며 닫혔다.

'바람을 쐬기 위해' 늘 버스를 타고 집에 오는 올리브는 침대를 정돈하고 물건을 정리하던 중이곤 했다. 그녀는 그의 부름에 다가와 크게 뜬 눈으로 기습 키스를 했고, 그는 마치 그녀가 균형을 못 잡는 물건이라도 되는 양 두 손으로 그녀의 팔을 사다리 잡듯이 위로 똑바로 들어 올렸고, 그가 잡고 있던 손을 놓으면 다시 바닥으로 뻣뻣하게 내려서곤 했다. 이것이 신랑의 키스에 이어 일어나는 결혼 2년차의 키스이다. (이런 것들에 대해 좀 아는 사람들의 말에 의하면 이런 것은 아무리 좋게 보려고 해도 연극처럼 부자연스럽고, 열정적인 영화에서 베낀 듯한 것이다.)

그러고 나서 저녁 식사를 하고 그 후에 그들은 산책을 하며 두 블록 위로 갔다가 센트럴 파크를 가로지르거나 가끔 영화를 보러 갔는데, 이 영화들은 그들더러 인생이 질서정연한 부류이니 만약 그들이 정의로운 상위 계급에 고분고분하고 복종하고 쾌락을 멀리하기만 한다면 아주 굉장하고 멋지고 아름다운 일이 머지않아 일어날 거라는 것을 끈기 있게 가르쳐 주었다.

220

그들은 3년 동안 그런 나날들을 보냈다. 그리고 그들의 삶에 변화가 찾아왔다. 올리브가 아기를 가졌고 그 결과 멀린에게 새로운 물적 자원이 밀려들었다. 올리브가 해산한 지 3주 후에, 한 시간 동안의 긴장된 예행연습 후 그는 문라이트 퀼 씨의 사무실로 들어가 엄청난 월급 인상을 요구했던 것이다.

"여기서 10년 동안 일했습니다."

그는 말했다.

"제가 열아홉 살 때부터였습니다. 저는 서점의 이익을 위해 항상 최선을 다해 왔습니다."

문라이트 퀼 씨는 생각해 보겠다고 말했다. 다음 날 아침 그는 멀린으로서는 무척 기쁘게도 오래전부터 계획해 왔던 일을 실행에 옮기겠다고 발표했다. 그는 서점에서 직접 일하는 것에서 물러나 이따금씩 들르기만 하고 멀린에게 주급 50달러와 수익의 10퍼센트를 받는 매니저 일을 맡기겠다고 했다. 그 노인이 이야기를 마치자, 멀린의 두 뺨은 빨갛게 달아올랐고 두 눈엔 눈물이 가득했다. 그는 사장의 손을 붙잡고 격렬하게 흔들고는 몇 번이고 계속해서 말했다.

"정말 감사합니다, 사장님. 정말 좋은 분이십니다. 정말, 정말로 감사합니다."

이렇게 10년간 성실히 일한 후에 그는 마침내 성공했다. 그동안의 일을 돌이켜 보니, 이 의기양양한 언덕을 향한 자신의 전진이 더 이상 걱정과 식어 가는 열정과 희미해져 가는 꿈으로 때로는 치사하고 항상 어두웠던 10년이 아니고, 건물 사이 통로를 비추는 달빛이 흐릿해지고 올리브의 얼굴에서 젊음이 시들어 가던 세월도 아닌, 그가 불굴의 의지로 결의에 차서 장애물을 넘어 온 영광스럽고 승리에 가득한 도정이었다. 그를 비참함으로부터 지켜 주었던 낙관적인 자기기만이 이제는 확고한 결단이라는 황금빛 옷을 입은 것으로 보였다. 그는 대여섯 번 문라이트 퀼을 떠나 더 높은 자리로 비상하려는 시도를 했지만 순전히 겁이 많아 여기 머물러 있었던 것이다. 이상하게도 그는 지금 그간의 시간들을 그가 엄청난 끈기를 발휘하여 그가 있는 자리에서 끝까지 싸워 내기로 결심한 세월이었다고 생각했다.

어쨌든 멀린 스스로에 대한 새롭고 위대한 관점을

당분간은 못마땅하게 생각지 말기로 하자. 그는 도달했던 것이다. 그는 서른 살에 중요한 지위에 올랐다. 그날 저녁 그는 행복으로 빛나는 얼굴로 서점을 나와, 브래그도르트 식료품점에 가서 가장 사치스러운 음식을 사는 데 주머니의 돈을 몽땅 쓰고, 놀라운 소식과 커다란 종이봉투 네 개를 들고 뒤뚱 걸음으로 집으로 향했다. 올리브가 몸이 너무 좋지 않아 음식을 먹을 수 없었고, 그가 속을 채운 토마토를 네 개나 해치우는 바람에 약하지만 분명히 탈이 났으며, 다음 날이면 얼음 없는 아이스박스에서 음식 대부분이 급속히 상할 것이라는 사실도 이 경사스러운 일을 망치진 못했다. 결혼식을 올린 주간 이후 처음으로 멀린 그레인저는 구름 없이 고요한 하늘 아래에서 살았다.

아기는 아서라는 이름으로 세례를 받았고, 생활은 품위 있고 중요해지더니 마침내 중심이 잡혔다. 멀린과 올리브는 자신들의 우주에서 다소 부차적인 자리로 물러났다. 그러나 그들은 존재감에서 잃은 것을 근본적인 자부심에서 되찾았다. 시골 별장은 구입하지 못했지만, 매년 여름 애스버리 파크의 민박집에서 한 달을 보내는 것으로 부족함을 채울 수 있었다. 그리고 멀린의 2주간의 휴가 동안 이 여행은 정말로 즐거운 소풍처럼 느껴졌다. 특히 바다 위에서 기술적으로 개방된 넓은 방에 아기가 잠들어 있고 멀린이 혼잡한 산책로를 따라 올리브와 함께 산책을 하는 동안 시가를 뻐끔뻐끔 빨며 연봉 2만 달러를 받는 사람처럼 보이려 할 때면 더욱 그랬다.

하루하루는 천천히 지나가지만 몇 년은 급속도로 흘러가는 것에 놀라며 멀린은 서른하나, 서른둘이 되었고 그러다 아무리 물에 씻고 일어도 젊음이라는 보석은 겨우 한 줌밖에 모을 수 없는 나이에 이르렀다. 그는 서른다섯이 된 것이다. 그리고 어느 날 5번가에서 그는 캐럴라인을 보았다.

그날은 일요일이었다. 눈이 부시게 빛나고 꽃이 만발한 부활절 아침이었고 거리엔 백합과 남자들의 모닝코트와 행복한 4월의 빛과도 같은 보닛의 화려한 행렬이 이어졌다. 정오가 되자 큰 교회들은 신도들을 내보내고 있었다. 세인트 시몬 교회, 세인트 힐더 교회, 사도들의 교회는 넓은 입처럼 문을 활짝 열어 사람들을 바깥으로 쏟아 내었고 사람들이 서로 만나서 걷고 이야기하거나 아니면 대기하고 있는 운전기사들에게 흰 꽃다발을 흔들 때 그들은 정말 행복한 웃음을 띠었다.

사도들의 교회 앞에는 열두 명의 교구위원이 서서 유서 깊은 전통에 따라 그해에 처음 교회에 온 신도들에게 분을 바른 부활절 달걀을 나눠 주고 있었다. 그들 주위로 놀랍도록 단장한, 머리칼이 곱슬곱슬하고 귀여운 부잣집 아이들 이천 명이 즐겁게 춤을 췄고 엄마들의 손가락 위에서 반짝이고 있는 작은 보석처럼 빛났다. 가난한 집 아이들을 대변하는 감상주의자의 발언이라고? 아니, 그게 아니라 부잣집 아이들은 깨끗이 세탁한 옷을 입고 달콤한 냄새가 났으며 혈색이 좋고 또 무엇보다도 목소리가 부드럽고 나지막했다는 얘기다.

어린 아서는 다섯 살이었고 중산층의 아이였다. 평범하고 눈에 띄지 않았으며 용모가 어떠했으면 좋겠다는 그리스인의 열망을 영원히 망쳐 놓은 코를 가진 그 아이는 한 손은 엄마의 따뜻하고 끈적끈적한 손을 꽉 잡고 다른 편에는 멀린과 나란히 서서 집으로 가는 군중을 향해 걸어갔다. 교회가 두 곳이 있는 53번가에 이르자 가장 붐비고 혼잡이 심했다. 앞으로 걸어가는 속도가 어린 아서가 따라 걷는 데 조금의 어려움도 없을 정도로 느려졌다. 그때 멀린은 깔끔한 니켈 장식을 한 짙디짙은 진홍색 소형 랜도형 자동차가 모퉁이를 천천히 미끄러지듯 돌아와서 정지하는 것을 보았다. 그 안에 캐럴라인이 앉아 있었다.

그녀는 가장자리를 라벤더색으로 장식하고 허리를 난꽃 코르사주로 치장한 몸에 딱 붙는 검은 드레스를 입고 있었다. 멀린은 깜짝 놀란 다음 두려움에 차서 그녀를 바라보았다. 그의 결혼 이후 8년 만에 처음으로 이 아가씨와 다시 마주친 것이다. 하지만 이제는 아가씨가 아니었다. 그녀의 몸매는 여전히 날씬했고, 아니 꼭 그렇진 않을 수도 있다. 아이처럼 뽐내는 몸짓과 사춘기처럼 뻐기던 모습이 그녀의 두 뺨이 처음 피어나던 모습과 함께 사라졌기 때문이다.

그러나 그녀는 아름다웠다. 이제는 기품이 배어 있고 축복받은 스물아홉 살의 매력적인 윤곽을 지니고 있었다. 그녀는 완벽하게 어울리고 침착한 모습으로 차에 앉아 그로 하여금 숨을 죽이고 그녀를 보게 만들었다.

돌연히 그녀는 미소를 지었다. 바로 그 부활절과 부활절 꽃들처럼 환하고 그 어느 때보다 더 달콤한 미소를. 그러나 어딘가 모르게 9년 전 서점에서 처음 보여 주었던 밝고 무한한 희망의 미소는 아닌 것 같았다. 환상에서 벗어난, 슬픔이 배인 무정한 미소였다.

하지만 그 미소는 부드러웠고 모닝코트 차림의 젊은 남자 둘이 서둘러 땀에 젖은 진줏빛 머리카락에서 실크해트를 들어 올리게 하기에 충분했다. 그녀의 자동차 가장자리로 그들을 오게 하여 쩔쩔매며 고개 숙여 인사하게 만드는 힘이 있었다. 그곳에서 그녀의 라벤더색 장갑이 그들의 회색 장갑을 우아하게 스쳤다. 그리고 이 두 명이 또 다른 남자에게, 이내 두 명 더 다가오면서 자동차 주위는 순식간에 불어난 사람들로 에워싸였다. 멀린은 옆에 있던 젊은 남자 한 명이 아마도 잘생겼을 동행인에게 이렇게 말하는 것을 들었다.

"잠깐만 실례할게, 꼭 이야기해야 할 사람이 있어서. 곧장 걸어가. 내가 따라갈게."

3분도 안 되어 자동차 주위는 앞, 뒤, 옆 할 것 없이 남자들로 빽빽이 둘러싸였다. 남자들은 대화의 물결을 뚫고 캐럴라인이 있는 곳으로 전진하기 위한 재치 있는 문장을 만들어 보려고 애쓰는 중이었다. 멀린에게는 다행스럽게도 어린 아서의 옷 한쪽이 금방이라도 떨어지려는 기회를 노리고 있는 탓에, 올리브는 임시방편으로 옷을 수리할 곳을 찾아 급히 아서를 데리고 건물 반대편으로 갔다. 그래서 멀린은 방해받지 않고 거리에 모인 군중을 구경할 수 있었다.

군중은 점점 더 불어났다. 첫 번째 온 사람들 뒤로 한 줄이 생겼고 그 뒤로도 두 줄이 더 생겼다. 그 한가운데 검은색 꽃다발 중에 피어난 한 송이 난꽃처럼 캐럴라인이 군중으로 덮인 자동차 속 왕좌에 앉아 고개를 끄덕이며 크게 인사를 건네고는 진심으로 행복한 미소를 짓고 있어서 갑자기 또 새로운 신사들이 계속해서 아내와 동행인을 내버려 두고 그녀를 향해 걸어오게 만들었다.

이젠 밀집한 군중이 단지 호기심에서 몰려든 사람들 때문에 더욱 불어났다. 캐럴라인과 일면식도 없을 온갖 연령층의 남자들이 서로 밀치며 계속 커져 가는 원

속으로 사라졌고, 마침내 라벤더색 옷을 입은 숙녀는 거대한 즉석 관객석의 중심이 되었다.

그녀의 주위로 온갖 얼굴이 모여들었다. 깔끔하게 면도된 얼굴, 구레나룻을 기른 얼굴, 늙은 얼굴, 젊은 얼굴, 나이를 짐작할 수 없는 얼굴, 게다가 이젠 여기저기에 여자 얼굴들도 보였다. 그 무리는 빠른 속도로 맞은편 연석까지 퍼져 나갔고, 모퉁이의 세인트 앤서니 교회에서까지 신도들을 내보내자 인도는 사람들로 넘쳐 나, 길 건너편에 있는 백만장자의 철제 말뚝 울타리에까지 사람들이 밀려났다. 거리를 따라 속도를 내며 달리던 자동차들은 멈추지 않을 수 없었고 이내 군중의 가장자리에 세 겹, 다섯 겹, 여섯 겹이 생겨났다. 차량 중에서도 가장 육중한 거북이인 2층 버스가 이런 교통 체증에 빠지자 승객들이 몹시 흥분해서 2층 가장자리로 몰려들고 무리 한가운데를 내려다보았지만 이제 가장자리에선 좀처럼 보이지 않았다.

엄청난 인파가 서로 밀쳐 대고 있었다. 예일 대학과 프린스턴 대학의 풋볼 경기를 보러 온 상류층 관객들도, 월드 시리즈를 보러 와 땀을 흘리는 군중도 검정과 라벤더색의 드레스를 입은 숙녀에 대해 이야기하고 바라보며 웃고 경적을 울려 대는 광경에 비할 바가 못 되었다. 엄청난 광경이었고 끔찍하기까지 했다. 그 블록에서 400미터에 반쯤 정신이 나간 경찰이 그의 관할서에 연락을 했다. 같은 모퉁이에서 몹시 놀란 민간인이 화재경보기의 유리에 난입하여 그 도시의 모든 소방차를 요란하게 불러들였다. 어느 고층빌딩의 높은 층에 사는 신경질적인 노처녀가 금주법 시행 부서와 볼셰비즘의 전문 관리인과 벨뷰 병원의 산부인과 병동에 차례로 전화를 걸었다.

소음은 점점 더 커졌다. 첫 번째 소방차가 도착해 일요일의 공기를 연기로 채우고 소리가 반향을 일으키는 높은 벽을 따라 시끄러운 금속성의 메시지를 울려 댔다. 끔찍한 재난이 도시에 발생했다고 생각하여 흥분한 성당 부사제 두 명이 즉시 특별 예배를 지시했고, 세인트 힐더 교회와 세인트 앤서니 교회의 커다란 종을 울리자, 이에 질세라 세인트 시몬 교회와 사도들의 교회의 종들도 합세했다. 심지어 멀리 떨어진 허드슨 강과 이스트 강에도 그 소란이 들렸고 연락선과 예인선,

원양어선은 사이렌과 경적을 울렸다. 그 소리는 우울한 소리가 되어 떠돌다 변화하고 또 되풀이되면서 리버사이드 드라이브로부터 이스트사이드 아래쪽의 잿빛 부둣가에 이르는 도시 전체를 대각선으로 휩쓸었다.

랜도형 자동차 가운데에 앉은 검정과 라벤더색의 드레스의 여인은 처음에는 한 사람과 유쾌하게 잡담을 했고, 또 처음 몰려들기 시작했을 때 대화를 나눌 만큼 가까운 거리에 자리 잡은 모닝코트를 입은 운 좋은 몇몇과 대화를 나누었다. 잠시 후에 그녀는 점점 짜증이 커져 나는 얼굴로 주위와 옆을 흘끗 둘러보았다.

그녀는 하품을 했고 가장 가까이에 있는 남자에게 어디든 달려가서 물 한 잔만 갖다 줄 수 있느냐고 물었다. 그 남자는 당황하며 미안하다고 했다. 그는 손발도 움직일 수 없었다. 자기 귀도 긁을 수 없는 처지였다.

강에서 첫 사이렌 소리가 공중을 울릴 때, 올리브는 어린 아서의 롬퍼스에서 마지막 안전핀을 잠그고 고개를 들었다. 멀린은 그녀가 굳어 가는 회반죽처럼 천천히 뻣뻣해지기 시작하더니 이내 놀람과 불만으로 작게 헐떡거리는 것을 보았다.

"저 여자!"

갑자기 올리브가 외쳤다.

"아!"

그녀는 나무람과 고통이 뒤섞인 눈길로 흘끗 보고는 아무 말 없이 한 손으로 어린 아서를 안고 다른 손으로 남편을 꼭 붙잡고는 굽어 가고 부딪히며 놀랍게도 무리를 뚫고 돌격했다. 어쨌든 사람들은 그녀 앞에 길을 내주었고 그녀는 가까스로 아들과 남편의 손을 놓치지 않을 수 있었다. 그러고는 지치고 흐트러진 모습으로 두 블록 위에 나타나 공터로 갔고 속도를 늦추지 않고 골목으로 곧장 갔다. 그러다가 마침내 소동이 잠잠해져 희미해지자 그녀는 평소의 걸음걸이를 되찾고 어린 아서를 내려놓았다.

"게다가 일요일이잖아요! 그 여자는 그렇게 망신당하고서도 모자라다는 거예요?"

올리브가 한 말은 이것뿐이다. 그녀는 그 말을 아서를 보고 했다. 그 후로 그날 내내 아서에게만 말을 거는 듯했다. 알 수 없고 은밀한 이유에서인지 그녀는 빠져나오는 동안 남편을 한 번도 쳐다보지 않았다.

4

서른다섯과 예순다섯 사이의 세월들은 수동적인 사람 앞에서 설명할 수 없고 혼란스러운 회전목마처럼 돌아간다. 정말이지 그 세월은 불편한 걸음걸이로 숨을 헐떡이는 말들이 돌아가고 처음엔 파스텔 색이었던 것을 나중에는 칙칙한 회색과 갈색으로 칠해 버린 회전목마다. 하지만 난감하고 참을 수 없을 만큼 어지러운 것이기에 어린 시절이나 청소년 시절에 타던 회전목마와는 차원이 다를 뿐만 아니라 진행 경로가 확실하고 역동적인 롤러코스터도 더더욱 아니다. 대부분의 남자와 여자들에게 이 30년의 세월은 점차 삶에서 물러나는데, 처음에는 젊음의 무수한 즐거움과 호기심이라는 방공호가 가득한 전선에서 은신처가 적은 방어선으로 후퇴하고, 우리의 야망이 하나둘씩 벗겨 나가 한 가지만 남고 오락거리도 하나씩 떨어져 나가 하나만 남게 되면, 우리가 마취 상태에서 만날 수 있는 몇 안 되는 친구들이 남는다. 결국은 별로 강하지도 않은 쓸쓸하고 외로운 방어 진지에 남아, 포탄 소리가 지긋

지긋하게 들리다 이젠 희미하게만 들리는 그곳에 앉아 두려움과 지루함을 번갈아 느끼며 죽음만을 기다리게 된다.

이제 마흔 살이 된 멀린은 서른다섯 살일 때와 별반 다르지 않았다. 배가 좀 더 나오고 귀 언저리 머리카락이 잿빛으로 반짝이고 걸음걸이에 활발함이 눈에 띄게 줄었다. 마흔다섯 살에도 왼쪽 귀가 약간 안 들리는 것 말고는 마흔 살 때와 비슷했다. 그러나 쉰다섯 살이 되자 화학적 변화가 급속도로 진행되었다. 해가 지날수록 그는 가족들에게 점점 더 '노인'으로 인식되었고 아내가 생각하기로는 거의 노쇠한 상태였다. 그 무렵 그는 명실상부한 서점의 주인이 되었다. 5년 전에 세상을 떠나고 미망인도 남지 않은 수수께끼 같은 문라이트 퀼 씨가 재고 전부와 가게를 그에게 양도했다. 그곳에서 그는 여전히 하루하루를 보내며 거의 모든 사람이 3천 년 동안 기록을 남긴 대부분의 이름에 정통한 인간 카탈로그가 되었고, 표지 압형과 장정, 2절판과 초판본의 권위자였으며 그가 단 한 번도 이해하거나 읽어 본 적도 없는 수많은 작가 이름을 줄줄이 꿰뚫고 있었다.

예순다섯 살에 그는 눈에 띄게 노쇠해졌다. 빅토리아 시대의 희극에 나올 법한 '노인 2'의 모습에서 자주 그려진 노인 특유의 우울한 습관이 몸에 배었다. 그는 잘못 놓아둔 안경을 찾아 커다란 창고 같은 시간을 소모했다. 그는 아내에게 성가시게 잔소리를 했고 또 반대로 아내에게 잔소리를 듣기도 했다. 그는 가족이 모인 식탁에서 같은 농담을 1년에 서너 번 했고, 아들에게 인생에서의 처세에 관해 이상하고 불가능한 방향을 제시했다. 정신적으로나 육체적으로나 그는 스물다섯 살의 멀린 그레인저와는 너무나도 달라져서 그가 같은 이름을 계속 갖고 있다는 것이 부조리해 보일 지경이었다.

그는 몹시 게으르다고 생각하는 젊은 조수와 개프니라는 젊은 여직원을 두고 여전히 서점에서 일했다. 늙고 존경할 만한 구석이라고는 없는 매크래큰 양은 여전히 회계를 담당했다. 청년 아서는 그 시절에 모든 젊은이가 하는 일로 생각되던 증권 판매일을 하러 월스트리트로 떠났다. 이는 물론 당연한 일이었다. 늙은 멀린은 책에서 마법을 얻었고 젊은 아서 왕이 있어야 할

자리는 회계 사무소였다.

어느 날 오후 4시, 그는 새로 생긴 습관대로 밑창이 부드러운 실내화를 신고 서점 앞으로 소리 없이 다가갔다. 솔직히 그는 이렇게 젊은 직원을 염탐하는 버릇을 조금 부끄러워했다. 그는 한 번씩 전면 유리창 밖을 보며 침침한 눈을 찡그리며 거리를 내다보았다. 크고 거창하고 인상적인 리무진 한 대가 모퉁이에 서더니, 운전기사가 차에서 내려 차 안에 있는 사람들과 잠시 대화를 나누고 난 후 몸을 돌려 당황한 모습으로 문라이트 퀼 서점의 입구로 향했다. 그는 문을 열고 쭈뼛쭈뼛 들어오더니 베레모를 쓴 노인을 머뭇거리며 보고는 마치 말들이 안개 속에서 나오는 듯 탁하고 음산한 음성으로 말을 걸었다.

"저, 덧셈 책 팝니까?"

멀린은 고개를 끄덕였다.

"산수 책은 가게 뒤편에 있소."

운전기사는 모자를 벗어 짧게 잘라 솜털로 덮인 머리를 긁적거렸다.

"아, 아뇨. 제가 사려는 건 추리소설입니다."

그는 리무진 쪽으로 엄지손가락을 홱 움직였다.

"여사님이 신문에서 봤대요. 초판본이 나온 걸요."

멀린의 호기심은 자극을 받았다. 큰 매상을 올릴 기회일지도 모른다.

"아, 판본 말씀이군요. 맞아요, 우리는 초판본도 광고를 좀 했는데, 하지만 추리소설은 글쎄, 잘 모르겠는데. 그 제목이 뭐였소?"

"잊어버렸어요. 범죄에 관한 거였는데."

"범죄에 관한 거라, 음, 《보르지아 가문의 범죄》가 있는데, 정식 모로코가죽 장정에 1769년 런던 출판, 아름답게……."

"아닙니다."

운전기사가 말을 끊었다.

"한 사내가 저지른 범죄 이야기라는데요. 여사님이 여기서 판매한다는 걸 신문에서 보셨다는데요."

그는 전문가 같은 태도로 몇 개의 제목들에 퇴짜를 놓았다.

"실버 본즈."

잠시 입을 다물고 있다가 불쑥 말을 꺼냈다.

"뭐라고요?"

멀린은 자신의 힘줄이 뻣뻣해졌다는 말을 하는가 싶어 물었다.

"실버 본즈. 그게 그 범죄를 저지른 사내의 이름이었어요."

"실버 본즈라고요?"

"실버 본즈요. 아마 인디언이었을 거예요."

멀린은 회색 수염으로 덮인 뺨을 쓰다듬었다.

"아이고, 사장님."

잠재 고객이 말했다.

"제가 호된 꾸지람을 듣지 않게 해 주시려면 생각 좀 해 보세요. 저 노 여사님은 매사가 제대로 풀리지 않으면 불같이 화내신단 말이에요."

하지만 멀린이 실버 본즈라는 제목을 아무리 생각해 보고 서가를 샅샅이 뒤져 보아도 소용이 없었고 5분 후 낙담한 기사는 여주인에게로 되돌아갔다. 유리창을 통해 멀린은 리무진 안에서 무서운 소란이 일어났음을 암시하는 광경을 볼 수 있었다. 운전기사는 거칠고 필사적인 동작으로 그의 무죄를 주장했지만 분명 아무 소용이 없는 듯했다. 그가 돌아서서 운전석에 탈 때 그의 표정이 여간 낙담한 게 아니었기 때문이다.

곧 리무진의 문이 열리고 창백하고 호리호리한 스무 살 정도로 보이는 젊은이가 유행에 뒤떨어진 옷차림으로 지팡이를 들고 차에서 내렸다. 그는 서점으로 들어가 멀린을 지나쳐 걸어가더니 담배를 꺼내 불을 붙였다. 멀린이 그에게 다가갔다.

"도와드릴까요, 손님?"

"노인 양반."

젊은이가 차갑게 말했다.

"몇 가지 있어요. 일단 공교롭게도 내 할머니인, 차에 탄 노인이 보지 못하도록 내가 여기서 담배를 피울 수 있도록 해 주시오. 내가 성년이 되기 전에 담배를 피우는지 아닌지 할머니가 알게 되는 일에 5천 달러가 걸렸으니까요. 그다음엔 지난 일요일자 타임지에 광고한 《실베스터 보나드의 범죄》초판본을 찾아 주시오. 저기 있는 우리 할머니가 그걸 사 가려고 하니까."

추리소설! 누군가가 저지를 범죄! 실버 본즈! 모든 것이 설명되었다. 멀린은 살면서 어떤 것이든 즐기는 습관을 지녔다면 이 일도 즐길 수 있을 거라고 말하는 것처럼 변명하는 듯 웃음을 흘리며 자신의 보물들이 보관된 가게 뒤편으로 최근의 대규모 수집품 판매소에서 꽤 싸게 구해 온 이 최신 투자품을 가지러 비실비실 걸어갔다.

그것을 가지고 돌아오자 젊은이는 담배를 빨아들이더니 대단히 만족해하며 어마어마한 양의 연기를 내뿜었다.

"나 원 참! 할머니는 하루 종일 나를 데리고 다니며 바보 같은 심부름이나 시키는 바람에 이게 내가 여섯 시간 만에 처음 피워 본 담배요. 하나 물어봅시다. 세상이 어떻게 돌아가기에 케케묵은 시대의 힘없는 늙은 여자가 남자의 개인적인 악습에 대해 이래라저래라 하는지. 나는 어쩔 수 없이 간섭받고 있는 거요. 책이나 봅시다."

멀린은 책을 부드럽게 건넸고 젊은이는 서점 주인의 가슴이 움찔하도록 조심성 없이 책장을 열고는 엄지손가락으로 페이지를 획획 넘겼다.

"삽화가 없네?"

그가 말했다.

"음, 노인 양반, 이거 얼마요? 말해 봐요! 나야 이유를 모르겠지만 적당한 돈을 지불할 테니."

"100달러입니다."

멀린이 인상을 찌푸리며 대답했다.

젊은이는 화들짝 놀라 휘파람을 불었다.

"어휴! 이봐요. 당신 지금 시골뜨기랑 상대하고 있는 게 아니요. 난 도시에서 자란 사람이고 우리 할머니도 도시에서 자란 여자요. 솔직히 말해서 할머니 몸 상태를 저 정도로 유지하려면 특별 세금이라도 지불해야겠지만 말이요. 25달러를 줄 테니, 그 정도면 충분할 거요. 우리 다락방에도 책이 있는데, 옛날 장난감 같은 걸 보관한 다락 말이요. 그 책들은 이 책을 쓴 늙은이가 태어나기도 전에 쓰인 것들이요."

멀린의 표정이 굳어지더니 소심하면서도 좀처럼 바뀔 것 같지 않을 혐오가 비쳤다.

"할머니께서 이 책을 사라고 25달러를 주셨나요?"

"아니오. 할머니는 50달러를 주셨지만 거스름돈을 받아 오라는 뜻이겠지. 나는 저 할멈을 알아."

"할머니께 말씀드리세요."

멀린이 위엄 있게 말했다.

"할머니가 아주 헐값에 살 수 있는 물건을 놓치셨다고."

"40달러 드리죠."

젊은이가 밀어붙였다.

"자, 이렇게 합시다. 적당하게. 우리한테서 한몫 잡을 생각하지 마시고……."

멀린이 귀중한 책을 옆구리에 끼고 획 돌아서 사무실의 특별 물품 서랍에 되돌려 놓으려고 할 때, 갑자기 누군가가 그를 가로막았다. 전대미문의 장엄함으로 앞문이 획 열렸다기보다는 폭발하듯이 열렸고 어두운 실내로 검은 비단과 모피로 감싼 당당한 유령이 들어와 그를 향해 빠르게 돌진했다. 도시 청년의 손가락에서 담배가 펄쩍 튕겨져 나갔고 그는 무심코 "빌어먹을!"이라고 내뱉었다. 그러나 그 등장으로 인해 가장 두드러지고 말도 안 되는 영향을 받은 사람은 바로 멀린이었다. 그 영향은 너무나 막강해서 서점 최고의 보물이 그의 손에서 미끄러져 바닥에 버려진 담배 옆으로 떨어졌다. 그의 앞에 캐럴라인이 서 있었다.

그녀는 나이 든 여자였다. 나이에 비해 동안이었고 보기 드물게 기품 있고 보기 드물게 자세가 꼿꼿했다. 하지만 어쩔 수 없는 나이 든 여자였다. 그녀의 머리카락은 부드럽고 아름다운 백색이었고 정성들여 손질하고 보석으로 치장되어 있었다. 귀부인답게 연하게 화장한 그녀의 얼굴에는 그물망처럼 촘촘한 눈가 주름과 코와 입꼬리를 기둥처럼 이은 좀 더 깊은 주름 두 개가 보였다. 그녀의 눈은 흐릿했고 심술과 불만이 가득해 보였다.

하지만 의심할 여지없이 캐럴라인이 분명했다. 쇠잔해졌지만 캐럴라인의 모습이었다. 비록 움직이는 모습이 불안정하고 뻣뻣하긴 했지만 캐럴라인의 모습이었다. 애교 섞인 오만함과 부러울 정도의 자기 확신이 명확히 어우러진 캐럴라인의 태도였고 무엇보다 갈라지고 떨리기는 했지만 아직도 운전기사가 세탁물 운반차를 몰고 싶게 만들고 도시인 손자의 손에서 담배가 떨어지게 만들 수 있고 또 그렇게 만든 울림이 있는 캐럴라인의 목소리였다.

그녀는 자리에 서서 코를 킁킁거렸다. 그녀의 눈이 바닥에 있던 담배를 찾아냈다.

"저게 뭐지?"

그녀는 소리를 질렀다. 그 말은 질문이 아니었다. 의심, 비난, 확인, 결론이 모두 담겨 있었다. 순식간에 판단을 마치고 그녀는 손자에게 말했다.

"일어나! 일어나서 네 폐에 있는 니코틴을 불어 내라!"

젊은이는 당황한 눈빛으로 할머니를 바라보았다.

"불어!"

그녀가 명령했다.

그는 입술을 힘없이 오므리고 공기 중으로 불었다.

"불어!"

그녀는 한층 더 단호하게 반복했다.

그는 어쩔 도리 없이 우스꽝스럽게도 다시 불었다.

"5분 만에 5천 달러를 잃었다는 사실을 알겠느냐?"

그녀가 힘차게 말을 했다.

멀린은 일순간 그 젊은이가 무릎을 꿇고 애원할 거라고 생각했지만, 그것이 인간의 존엄성임에도 불구하고 그는 그대로 서 있었다. 심지어 공기 중으로 숨을 불

244

어 냈는데 한편으로는 초조함 때문이고 또 한편으로는 의심할 여지없이 비위를 맞춰 보려는 막연한 희망 때문이었다.

"애송이 자식!"

캐럴라인이 소리쳤다.

"또 한 번, 한 번만 더 그랬다가는 대학을 그만두고 일을 해야 할 것이야."

이 협박은 그 젊은이에게 압도적인 영향을 미쳐서 그는 원래도 창백한 얼굴빛이 더욱더 창백해졌다. 그러나 캐럴라인은 그 정도에서 그치지 않았다.

"너는 내가 너와 네 형제들, 그래 그리고 어리석은 네 아버지 또한 날 어떻게 생각하는지 모른다고 생각했느냐? 아니, 잘 알고 있다. 넌 내가 늙었다고 생각하겠지. 넌 내가 정신이 나갔다고 생각하겠지. 천만에!"

그녀는 자기가 근육과 힘줄 덩어리라는 걸 증명해 보이려는 양 주먹으로 자기를 쳤다.

"그리고 어느 화창한 날, 응접실에서 네가 내 입관 준비를 할 때에도 너와 나머지 사람들이 가지고 태어난 머리보다 내 머리가 더 뛰어날 거다."

"하지만 할머니."

"닥쳐. 이 조그만 막대기같이 말라빠진 녀석, 내 돈이 아니었더라면 브롱크스에서 시답잖은 이발사나 하고 있었을 놈이. 손 좀 보자. 윽! 이발사의 손이구먼. 네녀석이 감히 날 상대로 건방을 떨려고 했나 본데, 이 몸은 교황청 직함을 달고 있는 사람 대여섯은 말할 것도 없고 백작 셋과 정식 공작 하나가 날 보러 로마에서 뉴욕까지 쫓아오게 만들었던 사람이야."

그녀는 잠시 말을 멈추고 호흡을 가다듬었다.

"일어서! 불어!"

젊은이는 고분고분하게 입김을 불었다. 그와 동시에 문이 열리더니 흥분한 중년 신사가 서점으로 뛰어들어 캐럴라인에게로 돌진했다. 그는 외투를 입고 모피로 테두리를 장식한 모자를 쓰고 있었는데 게다가 윗입술과 턱에도 같은 종류의 털이 덮인 걸로 보였다.

"드디어 여사님을 찾았네요."

그가 외쳤다.

"여사님을 찾으려고 시내 전체를 돌아다녔습니다. 댁에 전화를 하니 비서가 여사님은 문라이트라는 서점에 가신 것 같다고⋯⋯."

캐럴라인은 성가시다는 듯 그를 돌아봤다.

"내가 지난 이야기나 듣자고 자네를 고용했나?"

그녀가 딱딱거리며 말했다.

"자네는 내 선생인가, 중개인인가?"

"중개인입니다."

모피를 두른 남자가 다소 놀란 듯이 대답했다.

"죄송합니다. 축음기 재고 때문에 왔습니다. 150달
러에 팔 수 있습니다."

"그럼 그렇게 해."

"알겠습니다. 제 생각에는⋯⋯."

"가서 팔아. 손자와 이야기하는 중이야."

"알겠습니다. 저⋯⋯."

"잘 가게."

"그럼 가 보겠습니다, 여사님."

모피를 두른 남자는 살짝 고개 숙여 인사를 하고 약
간 당황하여 서둘러 서점에서 나갔다.

"너는 말이다."

캐럴라인은 이렇게 말하고는 손자를 향해 돌아섰다.

"입 다물고 그 자리에 그대로 서 있거라."

그녀는 멀린을 향해 돌아서더니 적의가 없는 눈길로 그를 쭉 훑어보았다. 그리고 그녀는 미소를 지었고 그는 자기 자신도 마찬가지로 웃고 있는 것을 알았나. 순간 두 사람은 둘 다 갈라진 소리이긴 했지만 자연스러운 웃음을 터뜨렸다. 그녀는 그의 팔을 붙잡고 그를 서점의 다른 쪽으로 서둘러 데려갔다. 둘은 거기에 서서 서로 얼굴을 마주 보고는 노쇠한 합창을 다시 한 번 오래도록 터뜨렸다.

"이럴 수밖에 없어요."

그녀는 의기양양한 앙심 같은 것을 비추며 숨을 헐떡거렸다.

"나같이 늙은 사람을 행복하게 해 주는 방법으로는 주위에 다른 사람들을 거느릴 수 있어야 한다는 생각밖에 없어요. 나이 들고 부자가 되어도 자손이 가난하다면 젊고 아름다운 사람이 못생긴 자매들을 두고 있는 것만큼 우스운 일이에요."

"네, 그래요."

멀린이 낄낄거리며 웃었다.

"나도 알아요. 당신이 부럽군요."

그녀는 고개를 끄덕이고 눈을 깜빡거렸다.

"내가 여기 마지막으로 왔던 때가 40년 전이군요."

그녀가 말했다.

"당신은 몹시 신나게 즐기고 싶어 하던 젊은 남자였어요."

"그랬지요."

그가 털어놓았다.

"내가 왔던 것이 당신에겐 큰 의미였겠군요."

"늘 그랬습니다."

그가 외쳤다.

"나는 생각했어요. 처음에는 당신이 실존 인물인지 생각해 보곤 했답니다. 그러니까 제 말은 당신이 사람이라고 생각했어요."

그녀는 웃었다.

"많은 남자들이 나를 사람이 아니라고 생각하던데요."

"하지만 이젠."

멀린이 들떠 말을 이었다.

"나는 이해해요. 이해란 우리 같은 늙은이들에게 허

락된 것이지요. 더 이상 중요한 일도 없는 지금 말이에요. 테이블에 올라가 춤을 췄던 그날 밤의 당신이 다만 아름답고 비뚤어진 여성에 대한 나의 낭만적인 동경에 지나지 않았다는 걸 이제야 알겠어요."

그녀의 노쇠한 눈은 망연했고, 목소리는 더 이상 잊어버린 꿈의 반향에 지나지 않았다.

"그날 밤 얼마나 멋지게 춤을 췄던지! 기억나요."

"당신은 나를 도발하고 있었어요. 올리브의 팔이 나를 감싸고 있었고 당신은 나에게 자유로워지고 젊음과 무책임에 대한 나의 기준을 지키라고 경고하고 있었지요. 하지만 그건 마지막 순간에 나타난 약효와도 같은 것이었어요. 너무 늦게 온 거였어요."

"당신 많이 늙었군요. 나는 몰랐는데."

그녀는 뜻 모를 말을 했다.

"또 내가 서른다섯 살이었을 때 당신이 나에게 한 일도 잊지 않고 있어요. 당신은 교통 정체로 나를 흔들었죠. 효과는 어마어마했어요. 당신이 발산한 아름다움과 힘! 당신은 내 아내에게까지 구체화되었고 아내는 당신을 두려워했어요. 몇 주 동안 나는 밤에 집에서 빠져 나와 음악과 칵테일 그리고 나를 젊게 만들어 줄 여자를 찾아 삶의 이 답답함을 잊어버리고 싶었지요. 하지만 그다음에 어떻게 할지 방법은 알지 못했어요."

"이제 보니 당신 많이 늙었군요."

그녀는 두려워하는 기색을 보이며 그에게서 뒷걸음질 쳐서 떨어졌다.

"그래요, 날 떠나요!"

그가 소리쳤다.

"당신 늙었어요. 영혼도 피부와 함께 시들기 마련이죠. 당신은 나에게 잊어버리는 게 상책이라는 걸 말해 주러 여기 왔나요? 늙고 가난한 사람은 늙고 부자인 사람보다 더 불쌍하다는 걸 알려 주려고요? 내 아들이 내 면전에다 암울하고 실패한 인생이라고 퍼붓는다는 사실을 일깨워 주려고?"

"내 책이나 줘요."

그녀는 거칠게 명령했다.

"어서, 이 늙은이야!"

멀린은 그녀를 한 번 더 쳐다보고 침착하게 그 말을 따랐다. 그는 그 책을 집어 들어 그녀에게 건넸고 그녀가 지폐를 내밀자 고개를 저었다.

"왜 기어이 돈을 지불하는 바보 같은 일을 하려 합니까? 한때는 나로 하여금 이 서점을 망가뜨리도록 부추겼으면서."

"그랬죠. 그리고 잘됐네요. 나를 망가뜨리기에 충분한 짓을 했던 모양이니까요."

그녀는 화가 나서 말했다. 그리고 그를 흘긋 바라보곤 경멸과 불쾌함을 제대로 감추지 못한 채 자신의 도시 손자에게 팔팔한 말들을 하며 문 쪽으로 걸어갔다.

그러고 나서 그녀는 사라졌다. 그의 가게에서, 그의 인생에서. 문에서 짤까닥 소리가 났다. 그는 한숨을 내쉬며 돌아서서 유리 칸막이 쪽으로 터덜터덜 걸어갔다. 그곳에는 원숙하고 주름진 매크래큰 양뿐만 아니라 오랜 세월 동안 누렇게 변한 회계장부가 보관되어 있었다.

멀린은 이상야릇한 동정심을 갖고 바싹 야위고 거미줄 같은 주름으로 뒤덮인 그녀의 얼굴을 바라보았다. 어쨌든 그녀는 삶에서 얻은 것이 그보다는 적었다. 반항적이거나 낭만적인 영혼이 초대받지 않고 튀어나와 기억에 남을 만한 순간에 그녀의 인생에 열정과 영광을 주지 않았으니까.

그때 매크래큰 양이 고래를 들고 그에게 말을 걸었다.

"여전히 활달한 할망구네요, 그렇죠?"

멀린은 흠칫 놀랐다.

"누구 말이야?"

"늙은 알리시아 데어 말이에요. 물론 이제는 토마스 앨러다이스 부인이지만 말이에요. 3년 됐지요."

"뭐라고? 무슨 말인지 이해가 안 되는데."

멀린은 돌연히 자신의 회전의자에 앉았다. 그의 눈이 휘둥그레졌다.

"아니, 왜 그레인저 씨, 10년 동안 뉴욕에서 가장 악명 높았던 그 여자를 잊어버렸다는 말씀은 아니겠지요. 한번은 스록모턴 이혼 건의 당사자였을 때 5번가에서 하도 이목을 끌던 통에 교통이 마비됐잖아요. 신문에서 보셨을 텐데요."

"난 신문을 읽지 않아."

그의 오래된 머리가 윙윙 돌고 있었다.

"그럼 그 여자가 여기에 와서 서점을 망쳐 버린 일은

잊지 않으셨겠죠. 저는 문라이트 퀼 씨에게 봉급을 받고 여길 떠나려고 할 뻔했어요.”

“그럼, 그 말은 당신한테도 그녀가 보였단 말이요?”

“그럼 봤죠! 그렇게 야단법석을 떠는데 어떻게 안 볼 수가 있었겠어요. 신에 맹세코 문라이트 퀼 씨도 싫어했지만 물론 그는 아무 말도 하지 않았어요. 그 여자한테 미쳐 있어서 그 여자는 퀼 씨를 자기 마음대로 부릴 수 있었으니까요. 그 여자의 변덕에 대항하는 순간 그녀는 부인에게 그에 대해 다 말해 버릴 거라고 협박했겠죠. 자업자득이죠. 예쁜 바람둥이 여자한테 빠지기나 하고! 그때 서점도 꽤 돈을 벌었지만 그녀가 만족할 만한 부자는 결코 아니었죠.”

“하지만 내가 그녀를 봤을 때⋯⋯.”

멀린이 더듬거리며 말했다.

“그러니까 내가 그녀를 봤다고 생각했을 때 그녀는 자기 어머니랑 살고 있었는데.”

“어머니라뇨, 말도 안 되는 소리!”

매크래큰 양은 분개하며 말했다.

“‘이모’라고 부르는 여자가 있긴 했지만 나만큼도

관련이 없는 사이었어요. 아, 그 여자는 나쁜 여자였어요. 하지만 영리하긴 했죠. 그 여자는 스록모턴 이혼 소송 건이 마무리되자마자 토머스 앨러다이스와 결혼하고 안정된 삶을 누렸으니까요."

"그 여자는 누구였소?"

멀린이 소리쳤다.

"대체 그 여자는 뭐였지, 마녀였나?"

"이런, 그 여자는 물론 무용수 알리시아 데어였지요. 그 시절에 신문이란 신문엔 모두 그 여자의 사진이 실렸죠."

멀린은 아주 조용히 앉아 있었고 그의 머리는 갑자기 지쳐서 멈춰 버렸다. 그는 이제 진짜 노인이었고, 너무 늙은 나머지 젊었던 적이 있었는지 꿈에도 생각할 수 없었다. 너무 늙어 버려 황홀한 매력은 세상에서 사라지고 자녀들의 얼굴과 따스함과 삶이 주던 영원한 편안함과 동화되지 못하고 가시거리와 감정에서 동떨어졌다. 봄날 저녁 그의 창가에 아이들이 외치는 소리가 들려오고 점차 어린 시절 밖에 있던 친구들의 모습으로 변해서 마지막 어둠이 내리기 전에 나와 놀자고 재촉해도, 그는 다시는 웃을 수도 긴 공상에 잠겨 앉아 있을 수도 없었다. 이제는 추억하기에도 너무 늦어 버린 그였다.

그날 밤 그는 아내와 아들과 함께 저녁 식사 자리에 앉았다. 자신들의 맹목적인 목적을 위해 그를 이용했던 사람들이었다. 올리브가 말했다.

"그렇게 해골처럼 앉아 있지 마요. 뭐라도 말 좀 해 봐요."

"조용히 앉아 계시게 둬요."

아서가 소리쳤다.

"아버지한테 말하라고 하면 전에 백번도 더 들었던 이야기를 할 거라고요."

멀린은 9시가 되자 아주 조용히 위층으로 올라갔다. 그의 방에 들어가 문을 단단히 닫고 나서 그는 잠깐 동안 문 옆에 서 있었다. 그의 가느다란 팔다리가 떨렸다. 그는 이제껏 자기가 바보로 살아왔다는 것을 알았다.

"오, 적갈색 머리 마녀가!"

하지만 너무 늦어 버렸다. 그는 너무 많은 유혹에 저항하여 신을 노하게 만들었다. 남은 것은 천국뿐이었다.

그곳에서 그는 자기처럼 이승의 삶을 허비한 사람들만 만날 것이다.

피츠제럴드의 삶 조각이
숨 쉬고 있는 단편들

　작가 피츠제럴드는 1920년대 미국을 대표하는 작가이다. 일명 '재즈시대'라고도 불리는 이 시기의 미국인들은 제1차 세계대전의 승리로 물질적 풍요를 누림과 동시에, 도덕과 기존 질서가 파괴됨으로 인한 가치관의 혼란을 경험했다.

　전쟁의 파괴력과 공포를 겪은 젊은이들이 회의에 빠져 말 그대로 '길 잃은 세대'로서 삶의 방향을 잃은 채, 현재를 즐기며 방탕한 삶을 통해 상처를 잊으려고 했기 때문이다. 젊은 여성들은 투표권을 가짐에 따라 지위가 상승하였고 자유분방하고 거침없으며 매혹적이었는데 이들을 플래퍼라고 불렀다.

작품 속에 담긴 피츠제럴드의 삶

이러한 시대 속에서 불꽃처럼 화려하고 거침없이 살다 간 피츠제럴드와 젤다의 삶이 작품 곳곳에 녹아 있다. 희망 찬 미래를 꿈꾸며 자신감 넘치는 명문대생의 모습에서부터 가난으로 몸부림치는 청년의 모습, 그리고 젊음과 아름다움의 덧없음을 깨닫게 된 노인의 모습에 이르기까지, 그리고 그 시대의 전형적인 플래퍼에서부터 늙고 나서 아름다움과 생기를 잃은 여인의 모습에 이르기까지 생의 여러 순간에 포착된 두 사람의 모습을 발견할 수 있다.

작품소개

젊은이의 자신감과 여성의 아름다움도 결국 세월 앞에서는 무력할 수밖에 없고, 지나고 보면 덧없다는 깨달음과 부부 사이의 문제들을 드러낸 장면에서, 화려한 삶의 끝자락에 서서 망가져 가는 자신과 아내의 모습과 불화로 고통받았을 작가의 씁쓸함을 느낄 수 있다.(광란의 일요일, "오, 적갈색 마녀!")

그림을 잘 그릴 수 있다고 자부하지만 그림 재료를 살 돈도, 그림이 팔릴 거라는 보장도 없는 암담한 고든의 모습에서 소설과 시나리오의 흥행 실패와 사치와 빚으로 인한 생활고에 찌들렸던 작가의 모습이 연상된다.(오월제)

물론 소설은 현실을 있는 그대로 반영하는 것이 아닌 허구의 문학이기에, 소설 속 인물들이 실물과 완전히 일치한다고 볼 수 없다. 그렇지만 문학은 자기 표현의 수단이고 《위대한 개츠비》를 비롯한 피츠제럴드의 작품은 자서전적인 색채가 짙다는 것을 익히 알고 있기에, 독자들이 이 책에 실린 네 작품을 작가의 생애와 비교해 가며 읽어 본다면 색다른 재미를 느낄 수 있을 것이다.

광란의 일요일

헐리우드에서 영화 촬영용 대본을 쓰는 조얼 콜스는 일요일에 감독인 마일스 캘먼의 파티에 초대된다. 그곳에서 그의 아내인 스텔라를 보고 매혹되고 급기야 호기를 부려 자신의 작품으로 짧은 연극 공연을 하지만 다른 손님들의 반응은 싸늘하다. 하지만 스텔라의 찬사와 다정한 초대에 조얼은 다음 일요일 파티에도 참석하게 된다.

마일스와 스텔라 부부는 감독과 배우의 만남으로 겉으로 보기엔 남부러울 것이 없어 보이지만, 마일스의 외도와 의처증 때문에 스텔라는 힘들어한다. 스텔라는 자신에게 호감을 보이는 조얼을 이용하여 남편의 마음을 바로잡아 보려 하고, 마침내 남편은 조얼을 의심하게 된다. 마일스는 야구경기를 보러 떠나고 그곳에서 전보를 보내지만, 스텔라는 그것을 남편이 조작한 것이라고 생각한다. 그러던 중 비행기 추락 소식이 들리고 스텔라는 충격에 휩싸여 마일스의 죽음을 받아들이길 거부하며 조얼에게 의지하려고 한다. 조얼은 마일스를 배신하지 않기 위해 그 자리를 벗어나는데 그 나이 든 사람이 이룩해 놓은 것들이 떠오르며 새삼 그의 부재가 크게 다가온다.

다른 단편들의 주인공이 자신감에 찬 젊은이였다면, 이 소설은 조얼의 시점으로 이미 늙어 버린 마일스를

관조하는 방식으로 전개된다. 〈오,적갈색 머리 마녀!〉
와 마찬가지로 의기양양하던 젊음이 지나간 후 나이
든 남자가 느끼는 불안함과 비애, 그리고 그에 대한 작
가의 연민을 엿볼 수 있다.

오월제

전쟁 후의 풍요로움과 혼란 속에 오월제 하루 동안
있었던 몇 개의 사건들과 그 가운데 빚어진 한 남자의
슬픈 마지막에 관한 이야기다. 얼핏 관련 없어 보이는
각각의 일들은 인물들의 뚜렷한 사회적 계층과 부의
대비, 그리고 거기서 오는 갈등이 얽히고설키며 하나
의 이야기가 된다. 이 작품에서 등장하는 인물들은 화
려한 댄스파티에 참석하는 부유한 명문대생들과 전쟁
에서 돌아온 가난하고 무식한 군인들, 사교계에서 누
구에게나 사랑받는 아가씨와 연인을 협박하여 돈을 얻
으려고 하는 짙은 화장의 아가씨, 사회주의 지지자들
과 그에 반대하는 사람들, 특히 전쟁에서 돌아온 군인
들이다.

그중 주인공 고든은 그림을 잘 그리는 재주를 가지

고 있어 화가가 되려 하지만, 그 꿈을 이루기 위한 최소한의 경제적 여건도 갖추지 못한다. 결국 재정적 파산과 도덕적 파산이 불러일으킨 악의 구렁텅이에 빠진 그는, 자신이 처한 상황에서 도저히 벗어날 가망이 없자 권총으로 자살하고 만다. 방탕하고 타락한 부자들의 행동과 그를 사랑했던 이디스가 그가 처한 경제적 여건 때문에 사랑을 그저 옛 추억으로 접어두는 대목에서, 가난에서 비롯된 그의 죽음이 더욱 비극적으로 다가온다.

오, 적갈색 머리 마녀!

문라이트 퀼 서점의 직원인 멀린 그레인저는 건너편 아파트에 사는 매혹적인 여인을 캐럴라인이라고 이름을 짓고 관심 있게 지켜본다. 그러던 어느 날, 캐럴라인이 서점을 방문하고 전등갓 속으로 책을 집어 던지는 꿈인지 현실인지 구분이 되지 않는 묘한 경험을 함께한다. 그 후로도 그녀는 그의 삶의 곳곳에서 예기치 않게 나타나 그의 인생에 열정과 영광을 준다. 멀린은 캐럴라인이 발산하는 아름다움과 힘, 그리고 묘한 마력에 사로잡힌 채, 평생 동안 그녀에 대한 환상을 가지고 살아간다.

결국, 멀리은 캐럴라인의 실체가 도덕성에 문제가 있는 속물적인 여성일 뿐이었다는 것과, 이제껏 자신이 알고 있었던 그녀의 모습은 '아름답고 비뚤어진 여성에 대한 자신의 낭만적인 동경'이 만들어낸 환상에 지나지 않았다는 것을 뒤늦게 깨닫지만, 그땐 이미 젊음이 지나간 후였다.

| 작가 연보 |

1896년　　　프랜시스 스콧 피츠제럴드(Francis Scott Fitz-gerald)는 9월 24일 미국 미네소타 주 세인트폴에서 에드워드 피츠제럴드와 몰리 퀼 리언의 사이에서 태어났다.

1898년　　　아버지 에드워드 피츠제럴드의 가구 사업 실패로 뉴욕 주의 버펄로로 이주한다.

1901년　　　다시 뉴욕 주의 시러큐스로 이주하고 아버지는 세일즈맨으로 일하게 된다. 여동생 애너벨이 태어난다.

1908년　　　다시 세인트폴로 돌아간다. 피츠제럴드는 지역 명문 학교인 세인트폴 아카데미에 입학하고 글쓰기에 소질을 보인다.

1909년 첫 단편 작품 〈레이먼드 저당의 신비〉가 세인트폴 아카데미에서 발행하는 잡지 《지금과 그때》에 발표된다.

1911년 뉴저지 수의 뉴민 스쿨에 입학한다. 그는 학교에서 앞으로 영향을 끼치게 될 키릴 시고니 웹스터 페이 신부를 만난다. 이때부터 1913년까지 《뉴먼 스쿨》 뉴스에 세 작품의 단편을 발표한다. 초기 지적 단계에 중대한 영향력을 끼치게 되는 시기이다.

1913년 미국 뉴저지 주에 있는 프린스턴 대학에 입학한다. 미국 문단에서 크게 활약한 비평가 에드먼드 윌슨과 시인 존 필 비숍과 친구가 된다. 《나소 문학》 잡지와 《프린스턴 타이거》에 단편, 희곡, 시 등을 발표한다.

1914년 세인트폴에서 일리노이 주 레이크 포레스트 출신의 16세 소녀 지니브러 킹을 만나게 된다. 그러나 훗날 가난하다는 이유로 거절당하게 되는데 훗날 그의 모든 작품에 중요한 모티프가 된다.

1915년 대학교 3학년 때 학점 미달로 낙제하고 학교를 그만둔다.

1916년 졸업할 계획으로 다시 프린스턴 대학교에 돌아간다. 그러나 여전히 학점이 모자라 결국 중퇴한다.

1917년　　지니브러 킹이 다른 남자와 약혼하게 되면서 피츠제럴드는 프린스턴을 떠나 10월에 미 보병대의 소위로 임관된다. 훈련을 받기 위해 캔자스 주 레번워스에 도착한다. 이 무렵 장편 《낭만적인 에고이스트(Romantic Egoist)》의 집필을 시작한다. 바쁜 군대 생활 중에도 그는 글쓰기에 전념한다.

1918년　　그는 켄터키 주 루이빌에 있는 캠프 테일러로 전속된다. 《낭만적인 에고이스트》를 탈고하여 뉴욕의 찰스 스크리브너스 선수 출판사에 보낸다. 조지아 주 캠프 고든에 배치되었다가 앨라배마 주 먼트가머리 근교 캠프 셰리던으로 전속된다. 이때 앨라배마 주 대법원 판사의 딸인 젤다 세이어를 만나 사귀기 시작한다. 스크리브너스 출판사가 《낭만적인 에고이스트》의 출간을 거절한다. 10월쯤 《낭만적인 에고이스트》를 개작하여 다시 출판사에 보내지만 역시 거절당한다.

1919년　　제1차 세계대전이 끝나고 군에서 제대한 뒤 뉴욕으로 가서 배런콜리어 광고 회사에 입사하지만 피츠제럴드의 미래가 불투명하다는 이유로 젤다가 약혼을 파기한다. 광고 회사를 그만두고 세인트폴로 돌아와 부모과 함께 집에 머물며 《낭만적인 에고이스트》 개작에 몰두한다. 9월에 《낭만적인 에고이스트》가 《낙원의 이쪽(This Side of Paradise)》이라는 제목으로 스크리브너스 출판사의 허락을 받는다.

1920년   《낙원의 이쪽》을 출간한다. 16편의 단편소설과 2편의 기고문을 팔아 엄청난 성공과 인기, 경제적 여유를 얻는다. 남부로 돌아와 젤다와 약혼 후 결혼한다. 가을 잡지 《스마트 셋》에 희곡 〈오월제〉를, 《새터데이 이브닝 포스트》에 단편 〈말괄량이 아가씨들과 철학자들(Flappers and Philosophers)〉을 발표한다.

1921년   젤다가 임신을 하고 10월에 딸이 태어난다. 첫 소설집 《말괄량이 아가씨와 철학자들》이 출간된다. 《메트로폴리탄》 매거진에 장편소설 《저주받은 아름다운 사람들(The Beautiful and Damned)》을 연재하기 시작한다. 젤다 역시 《뉴욕 트리뷴》지의 '북 섹션'에 리뷰를 기고한다.

1922년   두 번째 소설 《저주받은 아름다운 사람들》이 출간되고 워너브라더스에 판권이 팔려 영화로 만들어진다. 그리고 두 번째 단편집 《재즈 시대의 이야기들(Tales of the Jazz Age)》이 출간된다. 그 후에 롱아일랜드의 그레이트 네크에 집을 빌리고 뉴욕을 오가며 호화로운 생활을 시작한다. 그레이트 네크에서의 생활은 끝없는 파티와 술로 이어졌다. 이곳에서 링 라드너를 만난다. 《위대한 개츠비(The Great Gatsby)》의 초기 줄거리를 세우고, 배경이 되는 세상에 대해 알게 된다.

1923년　　장편 희극 〈야채(The Vegetable)〉가 애틀랜틱 시에서 시험 공연을 했지만 실패한다. 이후 피츠제럴드는 빚을 갚기 위해 단편 소설 집필에 전념한다.

1924년　　유럽으로 이주해 프랑스에 거주한다. 여름부터 가을까지 《위대한 개츠비》의 초고 집필 및 개작에 몰두하는 동안 젤다는 프랑스 조종사인 에두아르 조장과 사랑에 빠진다. 가을에 《위대한 개츠비》의 초고인 《황금 모자를 쓴 개츠비》를 탈고한다. 그는 편집자인 맥스웰 퍼킨스에게 원고를 보내고, 가족이 이탈리아와 스페인에서 겨울을 보내는 동안 원고를 고쳐 쓴다.

1925년　　세 번째 장편소설 《위대한 개츠비》를 출간한다. 엄청난 호평을 받게 된다. 프랑스 몽파르나스에서 어니스트 헤밍웨이를 만나고, 파리 근교에서 이디스 워튼을 만난다. 《밤은 부드러워(Tender Is the Night)》의 아이디어를 구상하기 시작한다.

1926년　　《부잣집 아이(The Rich Boy)》와 《모든 슬픈 젊은이들(All the Sad Young Men)》가 출간된다.

1927년　　할리우드 영화사에서 일하기 시작한다. 《밤은 부드러워》에서 로즈마리 호이트의 모델이 된 로이스 모런과 사귀기 시작한다.

1928년   부부 싸움이 심해지면서 유럽으로 여행을 떠난다.

1929년   프랑스, 이탈리아를 여행한다. 《벨라의 최후(The Last of the Belles)》가 《새터데이 이브닝 포스트》에서 출간된다.

1930년   북아프리카를 여행한다. 젤다가 신경 쇠약 증세를 보이기 시작한다. 여름부터 가을까지 병 치료를 위해 스위스로 이주하고 젤다는 프랭잰스 진료소에 입원한다.

1931년   아버지 피츠제럴드의 사망으로 귀국한다. 가을에 다시 할리우드에 돌아온다. 《다시 찾은 바빌론》이 《새터데이 이브닝 포스트》 2월호에 게재된다. 미국으로 돌아온 그는 할리우드로 가 메트로─골드윈─메이어(MGM) 스튜디오에서 일하게 된다.

1932년   젤다의 병이 재발해 메릴랜드 주의 존스 홉킨스 대학 병원에 입원한다. 젤다는 단편소설을 쓰기 시작해 스콧의 편집자인 멕스웰에게 보내고 스콧은 자신의 소설을 베낀 것이라 주장한다. 젤다의 소설 《나를 위해 왈츠를 남겨 주오(Save Me the Waltz)》가 출간된다.

1934년   결국 젤다가 신경쇠약으로 쓰러진다. 그해 네 번째 장편소설 《밤은 부드러워》가 출간된다.

1935년　　피츠제럴드는 병에 걸려 휴양을 위해 노스캐롤라이나 주 트라이턴과 애슈빌에 머물며 요양한다. 3월에 네 번째 단편집 《기상나팔 소리(Taps at Reveille)》가 출간된다. 나중에 에세이집 《크랙업(The Crack–Up)》에 실리게 되는 글을 쓰기 시작한다.

1936년　　결국 젤다는 애슈빌의 하일랜드 정신병원에 입원한다. 그해 9월 피츠제럴드의 모친이 사망한다.

1937년　　할리우드 영화사에서 다시 일을 시작한다. 이 무렵 가십 칼럼니스트인 셰일러 그레이엄과 사귀게 된다. 그레이엄과의 관계는 그가 사망할 때까지 계속된다.

1938년　　할리우드 영화사 메트로–골드윈–메이어(MGM)는 피츠제럴드와의 계약을 갱신하지 않는다.

1939년　　봄까지 할리우드에서 프리랜서로 일한다. 10월에 할리우드를 소재로 한 《겨울 카니발(Winter Carnival)》 소설을 집필한다.

1940년　　《마지막 거물(The Last Tycoon)》을 집필한다. 《에스콰이어》지에 《적절한 취미(Pat Hobby)》가 실리게 된다. 12월 21일 그레이엄의 아파트에서 심장마비로 사망한다.

1941년   미완성작인 《마지막 거물》은 친구 에드먼스 윌슨의 편집으로 출간된다.

1948년   젤다는 하일랜드 정신병원에서 치료를 받던 중 화재로 사망한다. 이후 스콧과 함께 로크빌유니언 묘지에 묻혔다가 1975년 세인트메리 가톨릭교회 묘지로 함께 이장되었다.

더클래식 세계문학 컬렉션 미니북

• 더클래식 세계문학 컬렉션 미니북은 계속 출간될 예정입니다.

옮긴이 허윤정

공학과 교육학을 전공했다. 대학 시절부터 전공과 무관하게 번역에 관심을 갖고 꾸준히 공부하여 잘 읽히고 감각 있는 번역 실력을 갖추게 되었다. 창작 능력도 뛰어나 각종 문예 공모전에 도전하여 입상한 바 있다.

광란의 일요일 피츠제럴드 단편선 ❷

초판 1쇄 펴낸 날 2023년 8월 31일

지 은 이   프랜시스 스콧 피츠제럴드
옮 긴 이   허윤정
펴 낸 이   장영재
펴 낸 곳   (주)미르북컴퍼니
자 회 사   더클래식
전   화   02)3141-4421
팩   스   0505-333-4428
등   록   2012년 3월 16일(제 313-2012-81호)
주   소   서울시 마포구 성미산로32길 12, 2층 (우 03983)
E–mail   sanhonjinju@naver.com
카   페   cafe.naver.com/mirbookcompany
S N S   instagram.com/mirbooks